辺境伯は美しき騎士を甘く調教する
～Dom/Sub ユニバース～

Momiji Kouduki
高月紅葉

CHARADE BUNKO

Illustration

藤浪まり

CONTENTS

辺境伯は美しき騎士を甘く調教する　～Dom/Sub ユニバース～ ____ 7

あとがき ____ 254

【1】

起伏に富んだ丘陵地帯へ秋の陽差しが降りそそぐ。きらめく湖は黄葉した森に囲われ、背後にそびえる山脈は岩肌もあらわにそそり立っている。

その向こう側はもう、ザフオール国の領土ではない。

仕立てのいい乗馬服を身につけたハリス・クラークは、丘の上で愛馬アイリーンの手綱を引いた。彼の豊かな長い髪は後頭部でひとつに結ばれ、金糸の束のようになめらかにつやめいて波を打つ。

なだらかな斜面を覆う牧草が風に撫《な》でられ、金色のさざ波はどこまでも続いていく。ハリスが軽く足先を動かすと、王都アクレイから共に旅をしてきたアイリーンは優雅な足取りで歩き出す。

国境に接するツエサルは防衛の要であり、古くからハーティン辺境伯領となっていた。王都から早駆けでも三日かかり、空気のよさだけが取り柄と言われているのどかな土地だ。

ハリスはくちびるを引き結び、アイリーンの首筋に手を当てた。そっと撫でながら、まっすぐに前を見る。

静養のためだと王太子・エドワーズは言ったが、これほど王都から遠い土地を指定する必要があっただろうか。保養地はほかにいくらでもある。越冬をするとなれば、気候の穏やかな南の土地が選ばれて当然だ。

しかし、ハリスの静養先は真逆の土地だった。ツエサルは冬の寒さが厳しく、積雪も多い。ひとたび雪が積もれば、王都へ戻ることは難しくなる。

考えれば考えるほど気鬱が募り、ハリスは耐えきれずに目を伏せた。ゆっくりとまばたきをする。

場所が問題なのではないと、心の中で繰り返す。

王立近衛《このえ》騎士団に所属して十年。今年で二十四歳になる。王太子の親衛隊である『百合《ゆり》の騎士』の称号を与えられたハリスにとって、王太子の命令は絶対だ。疑問など挟むまでもなく従うのが騎士の務めだと心得ている。

馬上のハリスは風を受け、目を閉じた。長いまつげが白皙《はくせき》の頰に長い影を落とす。

清潔な美貌は冴《さ》え、張りのある肌はなめらかだ。

まぶたを開くと、森に隠された湖面のように澄んだ碧眼《へきがん》が現れ、目が合った人間はしばし固まってしまうのが常だった。微笑を向けでもすれば、真っ赤になって卒倒する婦人も少なくない。

けれど、ハリスはもう長らく無表情のままだった。青緑色の瞳は憂いに満ち、くちびるは固く結ばれ、頰はかすかにも動かない。ここ数か月、まともに笑っていなかった。

心はすっかり疲弊して、まるで中身のないガラス瓶のようだ。

凜々《りり》しい目元を歪《ゆが》め、ハリスは片頬だけをぴくりと動かす。笑ってみようとしたが、まるでうまくいかず、息が喉に詰まり、吐き気をもよおす。まぶたの裏が熱くなった。

涙が一筋こぼれ、肌理《きめ》のこまかな頬を流れていく。

両親や兄たちの落胆が脳裏をかすめ、気を取り直して奥歯を嚙《か》みしめた。

立ち止まっている暇はない。冬を越えて春が来るころには、以前の自分を取り戻していなければならないのだ。しかし、どこへ足を踏み出せば前へ進んでいけるのか。ハリスの心は深い迷宮の中にあり、北風が絶えず吹きすさぶ。

流れた涙を拭わずに、ハリスはアイリーンを走らせた。

＊＊＊

現在のハーティン卿は二十八歳の若き辺境伯だ。

名をキアランといい、王太子エドワーズ・オブライエンとは従兄弟《いとこ》の続柄だった。幼いころは王太子の遊び相手として王宮で暮らしていたが、その当時から変わり者で知られていたらしい。現在も人づき合いが悪く、辛辣で横柄だとハリスも噂《うわさ》に聞いていた。

「ツエサルは三日も過ごせば飽きてしまうでしょう。どこを眺めても、似たような景色ばかりですから」

書斎のテーブルに向かっていたキアランが、羽根ペンを置いて立ち上がる。

長身の美丈夫だ。丸いレンズの鼻眼鏡《はなめがね》をかけ、黒い長髪はひとつに結んで胸へ垂らしていた。前髪が額を斜めに覆い、人を寄せつけない冷徹な雰囲気がする。

「学ぶところは多くあります」

ソファに座ったハリスが答えると、キアランの片眉が跳ねた。それだけでいっそう冷たく見え、人を見下した印象を与える男だが、愛想笑いさえ作れないハリスもまた、冷淡で感じの悪い男に見えているはずだ。

「どんなところでしょうか」

問うてくるキアランは薄笑いを浮かべていたが、ハリスは気にも留めずに答えた。

「ここへ来てから数日、できる限り、遠くまでも行ってみましたが、農地の選択が見事です」

石灰岩が至るところに転がっている丘陵地帯だが、長い時間をかけた開墾によって農地が確保されている。畜産も盛んのようだ。

「それに、街道の整備が素晴らしい。これほど均《なら》された道はめったにありません」

隣の領地にある大きな街へ、農産物などを運ぶための道でもある。

穴が開いたままになっている道では馬や車輪が傷み、雨の日は泥や水溜まりで事故の危険性が増す。穴を埋めて石を取り除いた道であれば、馬車にも優しく、雨の日も安心して行商へ出ることが可能だ。

「開墾は祖父の代、街道の整備は父の代から続けていることです。それを兄が守り、私も仕方なく続けている。この土地は冬の寒さが厳しい。雪解けのあとの道はいっそう悲惨だ。どうしたって、南にある領地ほど豊かにはなれない宿命です」

キアランの口調は鋭く、言葉ほど自虐的には聞こえない。

人々の暮らしは牧歌的ながらも情緒豊かで、一度は都会を目指して出ていく若者たちも半数以上が戻ってくると聞く。それはつまり、自然の厳しさを凌駕《りょうが》する暮らしやすさを誇っているということだ。

ツエサルを治めるフィッツノーマン家の苦労と手腕の賜物《たまもの》だろう。ハリスも当地を訪れるまで知らなかった。

扉をノックする音が聞こえ、執事が現れる。紅茶が運ばれてきた。

「アルコールがよろしかったですか」

キアランに声をかけられ、ハリスは首を左右に振った。彼と言葉を交わすのは久しぶりだ。食事も別々なので、普段は顔を合わす機会もない。

今夜の誘いは、客人に対する儀礼的な様子うかがいというところだろう。いつものごとく話が弾むとも思えなかった。

「いえ、紅茶でけっこうです」

「寝酒が必要なときは居間へどうぞ。ウイスキーがあります」

話しながらソファへ近づいたキアランが足を止める。丸眼鏡越しの視線が扉のあたりへ注がれ、ハリスも追うように顔を向けた。

姿を見せたのは小柄な少年だ。亜麻色の巻き毛に、薄青のシャツと半ズボン。緊張した面持ちで背筋を伸ばし、直立の姿勢で立っている。

「おやすみなさい、キアラン叔父様《おじ》」

「……おやすみ」

就寝の挨拶にしては、客の前だとしてもそっけない。まだ六歳の少年はほんの少しだけ物足りないような表情になった。

キアランはすでに視線をはずしていて気がつかず、少年はすぐにハリスへと向き直る。

「おやすみなさい、ハリスさん」

「おやすみなさい、ダネル」

名前を呼びかけると、嬉《うれ》しそうに頬をほころばせた。ゼンマイ人形のように愛らしい一礼をして部屋を出ていく。

屋敷へ到着した日に、紹介は受けていた。ダネルの父親はキアランの兄で、先代のハーティン卿だ。夫婦揃《そろ》って不慮の事故で他界し、跡を継いだキアランは後見人としてダネルを育てていた。彼らが暮らすツエサル・フィールドは貴族の館としては小規模だが、使用人は多く、青年と少年がふたりで暮らすにはじゅうぶん広い。

だからこそ、静養を勧められたハリスの世話を押しつけられることになったのだ。

「ダネルには落ち着きがありますね」

執事も出ていき、ソーサーごとカップを持ち上げたハリスは自分から口を開いた。

ふたりきりに戻った書斎は静かだ。暖炉のそばにテーブルセットが置かれ、日中は陽も差し込む。いまは分厚いカーテンが引かれており、落ち着きのある薄闇が部屋の四つ角を包んでいた。

沈黙を恐れるわけではないが、話題を振るのも礼儀のひとつだ。ハリスはごく自然に、いつもの振る舞いをしてしまう。

ひとりがけチェアに座ったキアランが長い足を悠然と組んで目を伏せた。

「おとなしいのだけが取り柄の子です」

「年齢相応の好奇心もあるでしょう。あなたは、子どもが苦手ですか」

「はっきり聞きますね。私の噂はいろいろと耳に入れておられるでしょう。私が彼を邪険に扱っているだとか……。見た通りです。子どもの世話は子守がしますし、私がしてやれることなど、たかが知れています」

口調は、やはり冷淡だ。かといって、会話がままならないほどではない。

「名を呼んでやるだけでも、違ってくると思います」

口にしたハリスは、即座に出すぎた助言だと気がついた。しかし、物足りなさを押し隠すダネルの表情が脳裏にこびりついている。言わずにいられなかった。

「なにが違ってくるんですか」

天鵞絨《ビロード》を張ったチェアの肘かけにもたれ、キアランは静かに問いかけてくる。微塵《みじん》の笑みも浮かべず、眼鏡越しに投げかけられる視線は冷ややかだ。

ハリスが言葉を選んでいるうちに、キアランが先に話し始めた。

「あの子は『Ｓｕｂ《サブ》』ではありません。躾《しつけ》も褒美も必要ないでしょう」

ハリスは冷水を浴びせられた気分になった。身体《からだ》が硬直した代わりに、キアランを見据えた。

「そんな話はしていません」

「では、この機会にしましょう」

組んでいた足をほどき、キアランは紅茶をソーサーごと持ち上げた。

「あなたは『百合の騎士』の称号をお持ちとか。確かに、その名に相応《ふさわ》しい美貌だ。……ということはつまり、エドワーズの『Ｄｏｍ《ドム》／Ｓｕｂパートナー』ということでしょう」

悠然とした仕草で紅茶を飲みながら、キアランは会話を飛躍させた。

「王都でいったいなにがあれば、百合の騎士がこんな辺境の地へ、静養に寄越されるのか。

興味がありません。いままでなら七日とかかりません。

「あなたの娯楽になるために来たわけではありません」

「名目上は、国境警備隊の視察ですからね。その視察、いままでなら七日とかかりません。あなたはいつまでここで過ごすつもりですか」

「それは……」

エドワーズから許可が下り、迎えの報があるまでだ。

そして、エドワーズの許可を得るためには、ハリス自身が心の鬱屈を乗り越えなければならない。

「私に知らされているのは『あなたが疲れきっている』こと。それから『連絡があるまで世話をする』こと。従兄弟とはいえ、ずいぶんと勝手だ。私が人づき合いの悪い偏屈な人間であることは王都まで聞こえているでしょう。……人嫌いであることも、もっと広めておくべきだった」

「ご迷惑であれば、明日にでも去ります」

ハリスは姿勢を正して向き合ったが、キアランは身体を斜めにしてため息をつく。

「これだから、王都の人間は困る。王太子から直接の依頼を受けているんです。偏屈だなんだと言われるのはかまいませんが、王族に逆らったと噂されるのは避けたい。万が一、フィッツノーマン家が領地替えとなれば、ツエサルの民は路頭に迷う。ここは本当に難しい土地ですから……」

言葉を途切れさせたキアランがうつむく。

ハリスは彼を見守った。若き領主の苦悩は想像にたやすい。キアランはハリスよりも四つ年かさなだけだ。兄が他界し、傷心の両親は隠居して姿を見せない。キアランはただひとり、辺境の領地を守っているのだ。

紅茶占いをするような熱心さでカップの中を覗《のぞ》いていたキアランが、ふいに表情をゆるめた。出会って初めて、穏やかな笑みをくちびるの端に浮かべる。

「エドワーズ王太子は私を試しているのかもしれません。あなたのように美しい騎士を差し向けて、間違いのひとつでも起これば、私の失態だとあげつらうつもりでいるんです」

「……王太子は、そのような方ではありません」

「では、どんな男です」

キアランに見据えられ、ハリスは表現しがたい苛立《いらだ》ちを覚えた。彼の仕草のひとつひとつに尊大さを感じ、ざわざわと心が乱される。

考えたくはなかったが、キアランの高圧的とも取れる冷淡な雰囲気にはＤｏｍらしさを感じてしまう。少なくともＳｕｂではない。

第二の性とも呼ばれるＤｏｍ／Ｓｕｂは、信頼を得ようとする性『Ｄｏｍ』と、庇護を得ようとする性『Ｓｕｂ』に分けられる。どちらの特性も持たなければ『Ｎｅｕｔｒａｌ《ニュートラル》』

だが、これらの性を見た目から判断することはできない。

ザフオール建国以前から、大陸全土に広がる宗教的騎士道において、Dom／Subパートナーは『結束と絆の象徴』とされてきた。

王立近衛騎士団では伝統的にパートナー制を取り入れており、どちらの性でもない『Neutral』の騎士も、建前上『Dom／Subパートナー』の相手を選ぶことになっている。

「王太子は寛容で誠実な方です。立派なDom性の持ち主で……、わたしのようなNeutralをパートナーに選んでくださった」

ハリスは平然と嘘《うそ》をついた。

王太子をあしざまに言うキアランに対して、本当のことを告げる必要はない。

「Neutral。そうですか」

眼鏡越しに見つめてきたキアランは、感情に乏しい声で繰り返した。疑っている雰囲気はなく、どこか投げやりだ。

尋ねておきながら、ハリスのDom／Sub性にたいした興味もないのだろう。

彼の頭にあるのは、領地・ツエサルのことだけで、ハリスの静養にかこつけて王太子がなにか企んでいないかと心配しているのだ。

瘦せた土地の管理運営だけでも難題だが、さらに国境警備の任務まで課せられている。

本来なら、王立騎士団の派遣もあってしかるべきだが、フィッツノーマン家が単独で国境警備を担い、ひとつの破綻もなくこなしてきた。あまりにそつなくやってしまうので、ツエサルの苦労は王都へ伝わらず、いっそう軽視される。

しかし、フィッツノーマン家にとっては、その状況が好ましいのだ。

「王太子があなたを陥れるとお考えですか」

ハリスは鋭く質問を投げた。

「従兄弟ですから、そこまで悪質ではないでしょう。ただ、遠くの土地で苦労している噂を聞けば、あの王太子様のことですから、面白がるに違いない」

「それは、あなたにも問題があるのでしょう」

人づき合いが悪いことではなく、なにごとにも冷淡で辛辣なところだ。おそらく従兄弟の王太子へ対しても、慇懃無礼《いんぎんぶれい》な態度を取ってきたのだろう。

「これ以上、あなたの話を聞くと寝つきが悪くなりそうだ。失礼します」

ハリスはソファから腰を上げた。手にしていたカップをテーブルへ戻す。紅茶はまだひとくちも飲んでいなかった。

「騎士は気位ばかりが高い」

キアランの口調はまたしても辛辣で、挑発されているようにも感じた。ハリスは浅く息を吸い込む。

天井の高い書斎がしんと静かになり、不穏な空気がふたりを中心にして広がっていく。

キアランを一瞥《いちべつ》し、ハリスはその場を離れた。挑発に乗るつもりはない。

しかし、扉へ向かおうとした背中に、キアランの言葉が投げられた。

「あなたがＮｅｕｔｒａｌでもＳｕｂでもかまいませんが、心の病は、ここにいるだけで治るものではありませんよ」

ひとりごとめいたキアランの声は、まるで深刻な病状を口にする医師のようだ。気づかうと言うよりは、ただ、そこにある真実を突きつけてくる。

ハリスは足を止めず、書斎を出た。広いロビーを横切り、与えられた寝室へ向かう。

騎士団専属の医師にも、同じように忠告されたのだ。

『あなたの心はバランスを失っている。空気のいいところで景色を眺めても、気休めにしかならない。いっそ、静養先で女を選び、かりそめにでも所帯を持ってはいかがです』

医師は声をひそめ、その場にエドワーズ王太子のいないことを何度も確かめた。

Ｄｏｍ／Ｓｕｂパートナーの契約を交わした騎士は、相手の許しなく妻帯することができない。結婚よりも優先されるべき絆なのだ。

医師の言葉を思い出したハリスはくちびるを引き結び、足早に階段を上がり、廊下を急いだ。

動悸《どうき》が激しくなり、冷や汗が額を濡《ぬ》らす。

あてがわれた客室へ飛び込み、荒々しく扉を閉めて鍵をかけた。その瞬間、膝が震え、立っていられずにずるずるとしゃがみ込んでいく。

膝が床へつくと、目の前に幻の閃光《せんこう》が走った。

痛みが背中いっぱいに溢《あふ》れ、喉が引きつれる。

ハリスのDom／Subパートナーは、キアランの推測通り、エドワーズ王太子だ。近衛騎士にとってはもっとも名誉なことだが、ほかの騎士とのパートナー契約とは違い、契約解消は騎士団からの除名を意味する。つまり、騎士の称号も剥奪《はくだつ》されてしまう。

ハリスは、いま、その危機にさらされていた。

曾祖父の代から男児は皆、騎士の称号を賜るクラーク家において、一度得た称号を剥奪された者はいない。もしもそんなことが起これば、一族に恥辱を与えることになる。

百合の騎士となったとき、こんな状況へ追い込まれるとは考えもしなかった。前途は洋々として、美丈夫なエドワーズも輝くばかりに素晴らしい人物に思えたのだ。

汗がポタポタと木の床へ落ち、ハリスは立ち上がれずにうずくまる。傷は完全にふさがっていたが、鞭《むち》に打たれた痕からは疼痛《とうつう》が引かない。

王太子の要求に応えられず、仕置きとして鞭で背を打たれたとき、恐怖の渦がハリスを呑み込み、恐慌状態へ陥った。いわゆる『Subdrop《サブドロップ》』だ。

Dom／Subの関係は『Play《プレイ》』と呼ばれる躾行為を伴う。Domが出す

『Ｃｏｍｍａｎｄ《コマンド》』をＳｕｂが遂行し、そのことを褒める『Ｃａｒｅ《ケア》』がおこなわれることで信頼が育まれる。

ハリスとエドワーズのあいだにも、信頼関係は存在していた。

コマンドで躾がおこなわれ、ときに仕置きを受けることもあったが、そのあとでケアをされると、エドワーズに対する忠誠心が温かく溢れてくるのが自分でもわかったぐらいだ。

それが、あの鞭の一件から変わってしまった。

痺《しび》れるような背中の痛みをこらえ、ハリスは荒い息を繰り返す。鍛え抜かれた精神力でようやく立ち上がり、ふらつきながらも寝台へ向かう。

一族の名誉のために、ハリスは騎士団へ戻らなければならなかった。

許された期間はおそらく半年程度だ。ツエサルに冬が来て、雪が溶けて春が過ぎ、夏が来るころ、エドワーズの迎えはやってくる。

そしてまた、彼とのプレイが始まる。想像した瞬間、ハリスの身体は恐怖で凍りついた。指先が激しく震え始めたかと思うと、全身から冷や汗が噴き出す。

しかし、ハリスのＳｕｂ性はプレイとケアを求めていた。

医師の勧めに従えば、少しは精神状態が改善されるようにも思えてくる。女と家庭を作ることで気が紛れ、そこにはきっと、ハリスを満たす愛があるはずだ。

ベッドカバーを握りしめて上半身を起こし、ハリスは肩を大きく上下させながら呼吸を繰り返した。

青白い額の汗を手の甲で拭い、ジャケットを脱ぐ。窓を開くと、冷たい風がさっと吹き込んだ。秋の匂いのする、静かな夜だ。

ハリスの心だけが落ち着きなくざわめき、乱れている。

長い髪をほどき、両手で根元から梳《す》く。ゆっくりとまばたきをすると、潤んだ碧眼に夜空の星が映った。

二十四歳になり、ハリスの美しさはいっそう際立っている。少年期の硬さが消え、青年期のしなやかさが溢れていた。

王都でも騎士団でも、ハリスは一目置かれる存在であり、『碧眼の白百合』と呼ぶ者もあった。彼こそが王太子の宝であり、王都を守る騎士団の象徴と褒めそやされてきたのだ。

夜風に金色の髪を任せたハリスは目を閉じる。

王太子に黙って妻帯することは裏切りだ。女遊びなら許されるかもしれないが、今度はツエサルの平穏を守るキアランが許すまい。

王都の騎士がやってきて子種を落としていくなど、領地の風紀が乱れる元だ。

ここにいるだけでは治らないと言ったキアランを思い出し、ハリスはまつげを震わせながら目を開く。

辛辣で冷淡で、嫌味な男だ。

「ならば、解決策を出してくれ……」

吐き捨てるように口にしたハリスは、開けた窓へ手を添える。

暗い空に月が見えた。冴えざえと冷たい青い光は、ツエサルの丘陵地に降りそそいでいた。

＊＊＊

アイリーンと名づけられた愛馬は、騎士の称号を得た祝いに祖父から贈られた。

被毛は淡い黄白色で、たてがみと尾は白色に近い。仔馬のころから気性が穏やかで、障害物を跳ぶのが好きな、足腰の強い馬だ。

ツエサル行きが決まったとき、ハリスは迷わずにアイリーンを伴うと決めた。長い静養になることは目に見えていたからだ。

兄は、片田舎《かたいなか》の厩番《うまやばん》に任せることを危惧したが、ツエサル・フィールドには立派な厩《きゅう》舎《しゃ》があり、アイリーンのための清潔なスペースは準備されていた。

厩番は年齢もさまざまだが、だれもが知識豊富で技術力が高く、なによりも動物に対する愛情が深い。ハリスがいないときでも、優しい言葉をかけ、大事に世話をしてくれる。

それを遠くから見るだけで、心のざわめきが収まるような気がするほどだ。

厩舎そばの木陰でアイリーンにブラシをかけているときが、ハリスにとっては心から落ち着ける時間だった。馬の手入れをして、丘陵地帯を走り回っていれば、それだけで快方に向かうようにさえ思える。

しかし、ほんのわずかにでも王太子のことがよぎると、とたんにブラッシングの手つきが荒くなり、アイリーンは身をよじらせて嫌がった。

手を止めたハリスは、彼女の首をそっと撫でながら謝罪の言葉をささやく。アイリーンはぶるっと鼻を鳴らし、ハリスを振り向いた。

優しい目で見つめられ、ぎこちない微笑《ほほえ》みを返す。張りのある毛並みを撫で、そっと腕を回して抱きついた。頬に体温を感じ、ハリスは目を閉じる。

いつもならハリスが満足するまでおとなしくしているアイリーンだが、今日に限ってその場で足踏みをした。鼻先が厩舎のほうへ向く。

視線で追うと、小さな人影が建物脇に見えた。すぐに引っ込み、また、ひょこっと顔を出す。

亜麻色の巻き毛が跳ねて愛らしい。ハリスは肩をすくめた。笑いながら手招きすると、ダネルがおずおずと顔を見せる。

「こちらへ、どうぞ！」

ハリスは明るく声を張り上げた。ダネルはあたりをきょろきょろと見回して動きを止め、呼ばれたのが自分だとわかるとまっすぐに駆けてきた。腕に抱えているのは、立派な鞘《さや》に収まった刀剣だ。

「こんにちは、ハリスさん……っ、ご、ごきげんはッ、いかがですッ」

顔を真っ赤にしたダネルは、息せききって挨拶を述べる。まだ変声期を迎えていない声は高く、ほんの少しだけ舌っ足らずだ。

「ごきげんよう、ダネル。この通りですよ。今日はいい天気なので、アイリーンの手入れをしていました。……あなたは？」

膝に手を置き、生成り色のシャツを着たハリスは身を屈《かが》める。

目が合うと、ダネルはハッと息を吞み、数秒間、ハリスの顔に視線を留めた。

「あの……、あの……」

ダネルはますます真っ赤な顔になって、あたふたとうつむく。重たい刀剣をひしっと胸に抱いて、膝をこすり合わせるように足踏みを繰り返す。

ハリスの後ろに控えていたアイリーンが面白がって足踏みを真似《まね》る。

「アイリーン、からかわないで」

ハリスが声をかけると、ぴたりと動きを止めた。利口な馬だ。

「なんだろうか、ダネル」

もう一度、身を屈めて問いかける。すると、巻き毛の少年は、意を決したように大きく息を吸い込んで胸を張った。

「剣術のご指南を、お願いできませんか……っ。強くなりたいんです」

「それはかまわないけれど、どうして強くなりたいの？」

うまく笑顔を作れない代わりに、声色を優しくして問いかけた。

「強くなるのに、理由がいるんですか」

ダネルが目を丸くする。

「すべてはモチベーション次第だからね。騎士の称号を賜る我々も、より強くなりたくて鍛錬に励む。それはすべて国家のためだ。王都の治安を守ることが国を守ることにも繋《つな》がるからね」

「ぼくは……」

ダネルは息を吸い込み、くちびるをきゅっと引き結んだ。顔立ちはあどけなく、決意もまた愛らしい。

「キアラン叔父様のためです。一緒にツエサルを守っていくために、少しでも自立したいんです」

「自立……。きみは、その年齢にしてはしっかりしているよ」

「それは、キアラン叔父様が、そう扱ってくださるからです。ときどき、冷たい人だと言われるけれど、そんなことはないんです。キアラン叔父様は、この領地のすべてを管理し

ていて、それはもう、とても忙しいから」

「きみは、さびしくはならないの？」

あまりにも立派な言葉に、ハリスは心配を募らせた。どこかに無理が隠れているのではないかと考えたからだ。

ダネルの眉が下がり、泣き出しそうな雰囲気を察したハリスは戸惑った。問うべきではなかったと後悔したが、ダネルは泣かずに両肩を引き上げてあごを引く。

片手で刀剣を抱き、もう片方の手を伸ばすと、黄金《こがね》色の芝が広がる庭園の向こうを指し示した。

「あそこの林の向こうに道具入れの小屋があります。心が寒いときは、あの中に入ってじっとするんです。落ち込んだ顔を、人に見せることはしません。ぼくにはキアラン叔父様がいるし、ツエサル・フィールドがあります。両親のためにも、しっかり守っていかなくては」

両足でしっかりと土を踏むダネルの視線がハリスを捕らえた。

「ぼくがいる限り、キアラン叔父様は結婚をなさらない。だから、早く領主を継ぎたいのです。そうすれば、キアラン叔父様は自由になります。それが叔父様に対してできる、ぼくなりの恩返しだと思います」

ダネルの瞳はきらきらと輝き、眩《まぶ》しいほどに純粋だ。そして、幼いながらに、自分を慈しむ相手の複雑な心情を的確に捉えている。

ハリスは目を細めて彼を見つめ、姿勢を正して胸へ右手のひらを当てた。あごを引き、腰を落としながら一礼をする。

「……あなたを子ども扱いしていたようだ。申し訳ない。わたしでよければ、剣術でも馬術でも指南いたしましょう」

「本当ですか！　ありがとうございます。ときどきでかまいません。静養にいらしているハリスさんに無理強いをしたと知られたら、叔父様に叱《しか》られてしまいます」

大人じみた言葉使いで言いながら、ダネルは叱られることなど少しもこわくないような顔をして、茶目っ気たっぷりに笑った。


それから一日置きに、剣術を教え、基礎体力をつける運動をおこない、乗馬も練習した。ふたりでこっそりと示し合わせたが、何回か繰り返せば当然、キアランの知るところとなる。

厩舎の裏で剣術の練習をしていたダネルが、だれよりも早く、ポプラの木にもたれているキアランの存在に気づいた。

立ち襟のジャケットは焦げ茶色で、顔にはいつもの丸眼鏡だ。黒い髪が肩から胸へと流れ、色づくポプラの葉を指でもてあそんで腕を組んでいる。

汗で濡れた額へ巻き毛を貼りつかせたダネルは、驚いて小さく飛び上がった。木刀を背に隠そうとしながら慌てふためく。

「ダネル」

キアランの声は鋭く、威厳に満ちていた。手にしていたポプラの葉を落とし、枯れ葉を踏み鳴らして近づいてくる。ハリスとは目礼を交わし、ダネルの目の前へ立った。

身を屈めるそぶりは微塵もなく、片手を腰の裏へ回した姿勢は威圧的だ。ダネルはすっかり萎縮して、未成熟な身体はいっそう小さくなる。

ハリスは肩を抱き寄せてやりたいほどかわいそうに思った。しかし、ダネルと対峙《たいじ》するキアランの横顔には心を動かす様子もない。冷淡な表情で口を開いた。

「静養にいらしているのに、連日ではお疲れになる一方だ。遠慮を覚えなさい」

「お言葉ですが……」

叱責《しっせき》に怯《おび》えているダネルをかばおうと、汗ばんだ額にかかる前髪を指で分けながら、ハリスは一歩前へ出る。頬はまだうっすらと赤く上気していた。ダネルと行動するのは毎日ではないと反論したかったのだが、口にするよりも早く小さな身体が動いた。

ハリスの前へ飛び出したダネルは、背筋を伸ばして直立の姿勢を取る。それから、深くうなずいた。

「はい、叔父様。ぼくの配慮不足でした。以後、気をつけます」

「ダネル、そんな……、わたしにとっては、よい運動になっています。なにをするにもひとりでは味気ない」

キアランに向かって訴えると、冷たく冴えた視線が向けられた。

「子どもの面倒をみるためにいらしたわけではないでしょう」

「……寝て起きて、馬の手入れをするだけでは、身体も心も腐ってしまいます。ダネルはとても気持ちのよい少年です。このあたりのこともよく知っている」

「では、この子を案内人に？」

「毎日とは申しません。家庭教師との勉強が終わってから、少しばかり……。案内のお礼に剣術と馬術を指南します」

「百合の騎士から手ほどきを受けられるのですから、こちらに不満はありません。それでは、お願いいたします。ダネル、くれぐれも粗相のないように。食事もしっかり取って、読み書きの練習も欠かさずにな」

「はい、キアラン叔父様。おっしゃる通りに」

ふたりはわずかばかりに視線を交わしたが、ダネルの弾むような声に対して、キアランの態度はやはり冷たい。微笑みひとつ見せずに背を向け、その場から離れていく。

「お許しが出ましたね」

ダネルに声をかけられ、ハリスは小さく息を吸い込んだ。

「……きみは、前向きな性分だね。叔父様があんなふうだと……」

「あんなふう……？」

純真な眼差しを向けられ、ハリスは口をつぐんだ。キアランを敬愛するダネルの前で、悪口はよくない。

しかし、ダネルは叔父の評判の悪さも承知していた。いやでも耳に入るのだろう。額の汗を、腰に挟んだ布で拭いながら言った。

「もっと叱られるかと思っていました。でも、いつまでも秘密にはしていられませんから。よかったです」

肩の力が抜けて、ダネルは晴れ晴れとした笑顔を見せる。

「それに、見にきてくださったんですよ」

「え？」

「お忙しいのに、わざわざ……」

「あぁ……」

ハリスは戸惑いの笑みを浮かべ、キアランが去っていった方へ目を向けた。

叔父に対して絶対的な親愛の情を持っているダネルからすれば、剣術の成長ぶりを確認するために現れたことになるのだろう。

しかし、ハリスを含めた周囲の目にはそう映らない。

両親を亡くして四年しか経《た》っていない六歳の少年に対して、キアランは大人同様、もしくはそれ以上の厳しさで接する。

「うん……」

木刀を手に持ったまま腕組みをしたハリスは小さくうなずいた。

キアランに対してよい印象は持っていないが、ダネルの親愛を否定するほど嫌っているわけでもない。素直に受け止めてみれば、食事と読み書きに気を配るところには肉親の情が感じられた。

自分の承諾を得ずに始められたことにも憤慨せず、ダネルを諫《いさ》めることでハリスからの要望も引き出したのだ。

「今日のお稽古はおしまいですか」

声をかけてきたのは、子守のローズだ。四十代ぐらいに見える女性で、ワンピースの腰回りがどっしりと豊満だ。温和な顔つきは、笑顔がさりげない。

「身体が冷えてしまいます。お着替えをなさってください。そのあと、お茶にいたしましょう」

ハリスに向かって丁寧なお辞儀をして、優しい手つきでダネルを呼び寄せる。

「今日は、料理長がケーキを焼いてくださいましたよ」

「あぁ、最高の日だ。クリームは？　たっぷりのクリームと食べたいな」

引き寄せられるようにローズと手を繋いだダネルが声を弾ませた。

「きっと、たくさん泡立ててくださっていますよ。ここのところ、めいっぱいに身体を使っていますからね。食べられるだけ食べてください」

「ハリスさんは、料理長のケーキは初めてですか」

のんびりとついて歩くハリスを肩越しに振り返るダネルは満面の笑みだ。

「ええ、初めていただきます。このあたりは卵も牛乳も滋味が豊かですから、きっと、とってもおいしいんでしょう」

「……ジミ？　ジミとはなんですか」

ローズの手を離したダネルが、小走りにハリスのそばへ近づいてくる。

「滋味というのは、味わいが深いという意味です。ゆっくりと味わうことで理解が及ぶような」

「……滋味、と言うんですね」

うんうんとうなずくダネルの指が、ふとハリスの手に触れた。ローズの手を探す癖が出たのだろう。ハリスは、ダネルが遠慮して引くよりも先に指先を握りしめた。

小さな手はしっとりと温かい。

「すみません……」

恥ずかしがって顔を伏せたが、振りほどこうとはしないのを見て、ハリスは手を繋ぎ直した。ダネルが小走りにならないように、歩調もゆるめ、歩幅も狭くする。

二人に道を譲ったローズは、後ろからついてきた。

フィッツノーマン家が所有する『ツエサル・フィールド』は石造りの典型的なカントリーハウスだ。美しい石積みには温かみがあり、急勾配の屋根と複雑に立ち並ぶ尖塔《せんとう》が壮麗で見応えがある。中央部分のみが三階建ての構造で、正面エントランスから眺めると非対称のデザインになっている。周囲には美しい芝と丹念に整えられた庭が広がっていた。

建物自体はゆるやかな傾斜の丘の上にあり、四方はどこまでも続く丘陵地帯だ。

秋の芝は枯れて一面の黄金色に変わり、至るところにある黄葉の林も、落葉し始めている。

朝夕のみ冷たかった風は、日中にも木枯らしを感じさせるようになった。季節は少しずつ、しかし確実に過ぎている。

エントランスから邸宅の中へ入り、ダネルとはサンルームで落ち合う約束をして、ホールを見下ろす階段の踊り場でいったん別れた。ダネルが左の階段を上がっていくのを見送り、ハリスは右の階段を上がる。

廊下を歩いていると、向こうからモーニングコート姿の男性が現れた。執事のトンプソンだ。ハリスを見つけると、一礼してその場に留まった。

「わたしにご用でしたか」

声をかけると、にこやかな微笑みが返される。ツエサル・フィールドで働く使用人たちは、子守のローズやメイドをはじめ従者・従僕に至るまで、みんな温和かつほがらかで人あたりがよい。彼らを雇い従えているのが、あの冷徹なキアランであることを忘れてしまうぐらいだ。

「言づてがございます」

恰幅《かっぷく》のいい身体つきのトンプソンは、背を伸ばして胸を張り、田舎訛《なま》りの少しもない口調で続けた。

「明後日の夜、ツエサルの名士が集まる夜会を開催します。季節ごとに開かれる集いで、主にホールを使用いたします」

「わたしの噂も回っているのでしょう」

夜会を理由に、王都からやってきた騎士を見物に集まるのだ。

「そのようでございます。しかしながら、出席はご自由にと、キアラン様からのご伝言です。屋敷全体が騒がしくなりますことだけ、ご留意いただけましたら幸いです」

「……自由に、ですか？」

王都で暮らしてきたハリスは戸惑った。社交場である夜会の重要性は理解している。

物見高く集まった相手だとしても、彼らに対して客人を紹介するのはたいせつなことだ。顔見せをすることで、領地を歩き回ってもトラブルを生まずに済む。

「トンプソンさん。スピーチはお断りしますが、挨拶をするぐらいなら問題はありません。ハーティン卿にも、そのようにお伝えください。それから、ドレスコードも教えていただけると助かります」

「メイドに申し送りしておきます。ご相談ください」

答えるトンプソンは見るからにホッとした様子で一礼した。やはり、ハリスが欠席では出席者に対して都合が悪かったのだ。

トンプソンと別れて寝室に入り、ハリスはふと首を傾《かし》げる。

夜会の予定はもっと早くに決められていたはずだ。

キアランから直接に話があってもおかしくはない。本来ならそうあるべきだった。ダネルの様子を見に来たときに話す機会はあったが、キアランはそんなそぶりのひとつも見せなかった。

つまり、彼は、この話題を口にする気がなかったのだ。

もしかすると、心を病んでいるハリスを気づかい、断りやすいように執事を通したのかもしれない。

「まさか……頭を下げたくなかっただけだろう」

ひとりごちて、かぶりを振りながら笑う。

そのとき、部屋の扉がノックされた。声で応えると、ハリス付きメイドのハーパーが洗面器を手に持って現れる。湯気がゆらゆらと立ちのぼっているのが見えた。

「汗を流しておられたでしょう。こちらでお身体を拭いてください。背中は、お手伝いしましょうか」

ハーパーはツエサル・フィールドでも指折りの古株だ。結婚を機に辞職したが、子育てが終わると再度働き始めたのだと、世間話のついでに教えてくれた。ほどよく会話を交わしても、彼女からハリスのことを尋ねてくることはない。それが礼儀だからだ。

「いえ、ひとりでやります」

ハリスが答えると、布を湯に浸そうとしていたハーパーが目を丸くした。

「失礼しました。フットマンを呼んでまいります」

年老いていても女性では失礼にあたると思ったらしく、恭しく身を屈める。部屋から出ていこうとするのを、ハリスは穏やかに呼び止めた。

「お気づかいなく。自分のことは自分でしたほうが気楽なだけです」

「そうですか。なにかお手伝いできることがあれば、なんなりとお申しつけください」

ツエサル・フィールドには多くの使用人が召し抱えられているが、世話をする対象は伯爵であるキアランと甥《おい》のダネルだけだ。ハリスが加わっても、三人しかおらず、邸宅の部屋同様に人手も余っている。

「どうも、ありがとう」

閉じる扉へ声をかけ、ハリスはすぐに鍵をかけた。ジャケットを脱いでベッドへ置き、シャツのボタンをはずす。部屋には大きな鏡が置かれている。そこに身体を映しても、見えるのは胸や腹の表側だけだ。洗面器の湯へ布を浸し、強く絞って腕を拭く。

清涼感が訪れて息をついたが、すぐに心へ影が差す。

夜会への出席は断るべきだったと迷いが生まれ、気持ちがもの憂く沈んでいく。人に見せることのできない背中の傷が、またじくじくと痛み始めた。

ハリスは表情を変えずに身体を拭いていく。

背中も拭い、ズボンも脱いで全身を清める。身体はたるむことなく引き締まり、王都にいたころと変わりがない。

服を着ていれば、心も身体も、なにひとつ傷ついていないように見えるのだ。

地元の名士が集まる催しなら、中にはＤｏｍも混ざっているだろう。ハリスが騎士だと聞き、Ｄｏｍ／Ｓｕｂのどちらであるかを気にする人間もいるはずだ。

判別するためにはＤｏｍだけが発することできる『Ｇｌａｒｅ《グレア》』で威圧すればいい。相手がＮｅｕｔｒａｌであれば気づかれず、Ｄｏｍであれば反発を受ける。Ｓｕｂだった場合は、はっきりとたじろぎ、態度に出てしまう。

パートナーがいれば、ある程度はかわせるのだが、静養を必要とするほど傷ついてしまったハリスは過剰に反応してしまう可能性が高い。

布を洗面器へ戻し、新しいシャツに袖を通した。ズボンも替え、髪をほどいて櫛《くし》を入れる。香油でまとめて紐《ひも》で結び、ベストとジャケットをまとう。

香油がほのかに漂い、ハリスは大きく深呼吸して背筋を伸ばす。

サンルームで待っているダネルのことを考えると、胸の奥に安堵《あんど》が広がった。

目的もない暮らしは倦《あ》いてしまうが、ひとりでも心を通わせる相手がいれば、それがどんなに幼い相手でも心強い。

ハリスはあごを引き、ジャケットの襟を直した。

少しでも早く騎士団へ戻るためには、Ｄｏｍが混じる場から逃げ回っているわけにもいかないのだ。

そう自分に言い聞かせ、夜会への出席は取り消さないことにした。

＊＊＊

貴族の長い髪は不労所得者である証しだが、騎士にとっては手練《てだれ》であることを示す優美な装飾物のひとつだ。筋骨隆々で力自慢なだけでは兵士にしかなれない。

王都でおこなわれる夜会では女性同様に着飾ることが必須だったが、ツエサル・フィールドで開催される夜会は規模が小さく、『夜の集会』の意味合いが強いので、礼装であればよく、着飾る必要はないらしい。

メイドのハーパーと相談して、三着持ってきた燕尾服《えんびふく》のうち、濃いバイオレットのものを選んだ。生地代だけで黒の燕尾服が五着はできる逸品だ。

「騎士様の髪を編むなんて、何十年ぶりでしょう」

ハリスの豊かな金髪を梳きながら、ハーパーはうっとりとした声を出す。

「国境警備隊は兵士ばかりですからね。みんな、どうにも男臭くって。わたしが若いころには、騎士団もいらっしゃって、夜会のときはお支度で大忙しでしたよ」

「いまはめったに来られませんか」

「めったにもなにも、とんと見かけません」

雑談をしながらも、ハーパーは手を止めることなく髪を編んでいく。

国境警備隊に騎士団が派遣されなくなったのは、単独でも統制が取れるようになったからだ。それに加え、隣国との関係も良好で、緊張状態は緩和されている。

「警備隊を指揮しているのはハーティン卿ですね。彼の手腕はよほど優れていると見える」

「それはもう、最高の領主様ですよ。先代も先々代も素晴らしい方でしたが、地主から反発を受けることも多かったんです。それが、キアラン様の手にかかると……」

ハーパーは言葉を途切れさせ、肩を揺すって笑う。

「彼は辛辣なところもあるようですが」

鏡に向かってハリスが問うと、ハーパーは深くうなずいた。

「そこがキアラン様の上手《じょうず》なところなのです。普段、あのように振る舞っていれば、ちょっとした気配りが何十倍にもありがたく思えるものでしょう。これが飴《あめ》と鞭だと、いつか笑っていらっしゃいました」

「笑う……？　あの方が笑ったところはまだ見たことがありませんね。ダネルにも厳しい顔つきばかりで」

「気を張っておいでなのです。ダネル様のご両親が亡くなられてすぐは、一緒のベッドで眠るほどのかわいがりようでした。けれど、キアラン様の姿が見えないだけで泣いてしまうようになられて……。それからです。次第に距離を置いて、厳しく接するようになったのは。……それでも、おふたりには肉親の情がありますす」

「ダネルは慕っているようですね」

「キアラン様も心の底から愛していらっしゃいますよ。だからこそ、ダネル様はあれほど落ち着きのあるお子なのです」

「……そうですか」

ハリスは鏡に向かって微笑んだ。ハーパーもにっこりと笑う。この技術が心配だったが、ハーパーは髪を焦がすこともなく、顔まわりの後れ毛も美しく仕上げた。

本人も満足げにうなずくほどだ。

夜会はすでに始まっている。昼のあいだにキアランから呼び出され、ハリスはロビーホールでの歓談に顔を出すだけでいいと言われていた。参加を決めた気づかいに感謝もされたが、やはり彼は慇懃無礼だ。少しも心が入っていないように見える。

彼に対する使用人たちの評価とハリスの評価が異なっているのは、ハリス自身が王都から来た『招かれざる客』だからだろう。もしくは、使用人たちの仕事量の少なさと給金の高さによるものかもしれない。ツエサル・フィールドの就業条件は、王都のどの屋敷と比べても最高クラスだ。

それはともかく、評価が一致しなくてもハリスに害はなかった。キアランとの会話がないことはありがたく、ダネルと日々を過ごしていれば気鬱は晴れる。

雪が降り積もるより早くに回復すれば、春を待たずに王都へ戻ることも可能だろう。ものごとはいたって順調だ。そう考えるハリスは部屋を出て廊下を進む。

にぎやかしく聞こえてくる音楽はワルツかポルカか。陽気なリズムが、手すりから覗いたホールいっぱいを満たしている。

生演奏ではなくレコードをかけているらしく、音がわずかにざらつく。それもまた軽装な夜会におもむきを添える。

人は溢れんばかりに集まり、きらびやかなドレスの婦人たちと燕尾服を身につけた紳士が色とりどりに混じり合う。その中にキアランを見つけ、ハリスはあごを引き、姿勢を正して階段を下りた。

だれに気づかれることもないだろうと高をくくっていたが、踊り場に立ったあたりでホールがシンと静まりかえった。すぐに空気がざわつき、喧噪が戻る。

辺境のツエサル・フィールドを静養先に選んだ騎士の姿を見ようと集まったひとびとだ。

視線は物見高くもあり、礼儀正しい中に刺すような鋭さが含まれている。

しかし、自他共に認める美貌のハリスが臆することはなかった。

王都の夜会でも、騎士は似たような視線を受ける。

まず、称号に相応しい容姿をしているか。

次に、美しい立ち居振る舞いをしているか。

剣術や馬術は二の次、三の次で、存在の美意識を問われるのだ。

ハリスはホールへ視線を巡らせ、軽い会釈をして階段を下りきった。

婦人たちのひそやかな笑い声は甘く、紳士たちのぼそぼそとした噂話は低く、明るい音楽のリズムに交じってホールに満ちる。

キアランまでの道がサッと開き、ハリスは右に一度、左に一度、うなずくだけの会釈をした。

先へ進むと、キアランが軽くシャンパングラスを掲げた。

ぴったりと身体に沿った燕尾服は真っ黒で、ベストは深紅のアラベスク織だ。トレードマークの丸眼鏡を鼻にかけ、長い黒髪は後頭部でひとつに結ばれていた。ベストと同色のリボンがつけてある。

「静養中でいらっしゃるのに、このようなにぎやかさで申し訳ない」

あごを軽く弾いたキアランの態度は、いつもと変わらずに冷淡だ。普段はサイドへ流している前髪が撫でつけられ、いっそう高慢な印象がする。

シャンパンを勧められたハリスは、従僕の持ってきたシルバートレイからグラスをひとつ手にした。

そこからは挨拶の連続だ。キアランが選んだ相手のところまで一緒に向かい、紹介を受けて挨拶を返す。人づき合いが苦手だと噂されるキアランは談笑に加わることなく、儀礼的な相づちを打つだけだ。感情が読み取れない澄ました顔つきは、楽しそうに見えず、かといって退屈そうでもなかった。

何人かの相手は会話の糸口を見つけられずにため息をつく。

ハリスは始終穏やかな表情を心がけ、いちいち向けられる好奇の視線には目を伏せた。

さりげなく内情を探ろうとする質問にも、のらりくらりとして答えない。

Ｄｏｍの気配は絶えずしていた。ハリスのＤｏｍ／Ｓｕｂ性を見極めようとする気配が手に取るようにわかり、Ｓｕｂらしき相手からの誘うような眼差しもひっきりなしだ。

しかし、相手探しはもっと優雅におこなわれるべきで、これほど露骨な興奮をぶつけるものではない。ホールに満ちた雰囲気が混沌を強め、ハリスはふいに身を引いた。

「人の多さにあてられたようです。外の空気を吸ってきます」

キアランにだけ伝え、玄関へ向かう途中でグラスを返す。

ほかにもいるはずのＳｕｂが、Ｄｏｍから滲《にじ》み出る圧に翻弄されてしまうのではないかと、ハリスは危惧していた。

優雅な足取りを乱さずに外へ出ると、北風が頬を撫でて吹く。

ひんやりとした冷たさは、火照った身体に安堵感を与えた。

エントランスには数台の馬車が並び、来る客は途絶えていたが、帰る客もまだいない。

ハリスはのんびりと歩いた。丘陵地帯を利用して作られている正面の庭は闇に沈んでいる。空には星と月が並んで輝き、ホールから漏れ聞こえてくるのはポルカの陽気なリズムだけだ。

窓から漏れる光を頼りにして、建物に沿って裏庭へ向かう。外で聴く音楽は、気楽で心地がいい。夜会は嫌いではなかったが、いまはまだ人の多いところは疲れるばかりだ。

それでも、うまく立ち回り、切り抜けることができた。一歩前進だと心の内でつぶやき、指先を白いうなじに添わせながら、ため息を転がす。

「風邪を引いてしまいますよ」

闇の中からいきなり声がかかり、ハリスはとっさに身構えた。

先回りをしていたのだろう若い男がひとり、小首を傾げて立っている。

栗色の長い巻き毛と、にやついた顔。身につけた燕尾服はサイズが合っておらず不格好だ。

男は恥じ入る様子もなく、自信満々の顔つきで近づいてくる。

下種のもくろみは瞬時に理解した。グレアを向けられるよりも先に殴ってしまおうと決め、拳を固めて足を踏み出す。

「『Ｓｔａｙ《動くな》』」

グレアの威圧感よりも先にコマンドが出される。従う必要がないと覚悟していれば、拒否できるはずだった。しかし、これほどまでに不躾に挑まれたことがなく、驚きと戸惑いが瞬時に入り混じって動揺が生まれる。

若い男はうぬぼれた笑いを浮かべながら、ハリスの腕を摑《つか》んだ。振りほどくと、今度は反対の腕を摑まれる。

「さすがに、王都の騎士は違う。お利口だ」

ケアの言葉が発せられた瞬間、ハリスの身体から汗が噴き出した。感じたのは充足感ではない。相手を叩《たた》きのめしたいと思うほどの屈辱だ。

くちびるは色をなくしてわなわなと震え、膝は立っていられないほどに揺れ始める。両腕をみっともなく振り回して逃れ、道の脇に立てられた石造りの手すりに摑まる。その向こうは暗がりになっているが、建物一階分程度の高さのはずだ。

いっそ、飛び降りてしまおうかと考える。

そうしなければ、またあの感覚がやって来てしまう。

背中に残された痕が引きつれ、ハリスは叫びたくなった。身をよじり、手すりへと身を乗り出す。若い男の腕が無作法に腰を摑んでくる。押しつけられた股間は硬く、あからさまな性的欲求は繁殖期の動物のようだ。

ハリスは奥歯を嚙みしめ、男もろとも落ちる覚悟で身を傾けた。

天地が逆になり、やがて浮遊感に襲われる。そう思ったが、だれかの腕が胸の前に回り、すんでのところで引き上げられた。

背後にくっついていた男は突き飛ばされたらしく、人影の向こうでよろめいて尻から沈んだ。

「名前を聞かれたくなければ、いますぐに帰ることだ」

ハリスを背に隠した人影はキアランだった。

ただでさえ鋭い口調が、いっそう冴え渡って冷酷に聞こえ、言葉のひとつひとつが氷のつぶてのように思える。

「ご、誤解なんです……。気分が悪そうだったので、俺は、ただ……」

言い訳を繰り返す若い男は、痛むのだろう尻を押さえながら、あたふたと這《は》うように立ち上がった。脱兎《だっと》のごとく逃げていく。

「あの男は、村でも有名なＤｏｍだ。色男だと噂だが、若いだけが取り柄で気品に欠ける」

背中を見送ったキアランはため息をつき、くるりと振り向く。ハリスの顔を覗き込んで言った。

「私に遠慮などせず、ぶちのめしてしまえばよかったのに」

「……そうは、いきません」

なんとか平常心を取り戻そうとしたが、ハリスの身体はまだ恐慌状態の中にある。肩がガクガクと震え、手すりに摑まっていても立っていられなくなった。

「申し訳なかった」

短い息をついたキアランが声をひそめる。

「夜会など、まだ早かったのでしょう。裏から部屋へ送ります」

「落ち着けば、ひとりで戻れます」

「……落ち着くようには、見えませんが？」

冷笑を滲ませたキアランの手がサッと伸びてきて、ハリスは条件反射で払いのけた。彼がなにをするつもりなのかもわからないうちから、視界の中で動く手や腕が恐ろしくてたまらないのだ。

「放っておけば、死に至る病だ」

暗闇の中で聞くキアランの声は不吉に澄んでいる。黒い燕尾服と深紅のベストも、ハリスにはまるで悪魔のように禍々しく映った。それとも死神だろうか。どちらにしても最期の通告を言い渡す不吉の象徴でしかない。

ハリスは最後の力を振り絞ってキアランを睨《にら》んだ。従兄弟とは言っても、キアランの顔はエドワーズに似ていない。彼は彫りが深く、目鼻立ちがはっきりとした美男子だ。一方、キアランはさっぱりとした端正な顔立ちで、それが冷たい印象にも繋がっている。

おそらく、性格も太陽と月ほど違うのだろう。

建物の窓からこぼれ落ちる淡い光が、向き合うふたりの表情を闇に浮かび上がらせる。

「あなたのそれは、『Ｓｕｂｄｒｏｐ《サブドロップ》』でしょう」

キアランに言われ、ハリスはわなわな震えて止まらない拳をきつく固めた。

それはＳｕｂにとって、もっとも避けたい状況だ。Ｄｏｍとの良好な関係が構築できず、緊張や不安が募り、心が不安定になる。つまり、ハリスが王都から遠ざけられた理由だ。

その単語を聞いただけでハリスは耐えがたく動揺した。

目の前のキアランへ殴りかかる。

ハリスの拳は、身を引いたキアランの鼻先をかすめた。勢い余って身体が傾いだが、倒れ込む前に、手のひらで押し戻される。

ハリスの肩を支えたキアランは、首をひと振りして、短い息を吐き出した。

不満と不機嫌を混ぜ、辛辣さをまぶした息づかいだ。ハリスは不快感を覚え、キアランの手首を摑んだ。関節技をかけてやろうとしたところで、キアランが動く。

胸のチーフを引き抜き、ふたりのあいだでパッと指を離した。

「『Ｔａｋｅ《拾いなさい》』」

キアランのひと言は、逃げていった若い男とは比べものにならないほど美しい発音だ。

しかも、これみよがしなグレアを放つことなく、いつもと変わらぬ冷たさがＤｏｍ特有の威圧感に変わる。

「……あなたは」

「こんな目に遭わせたのは、私の従兄弟殿でしょうね。王族のＤｏｍは横暴になりがちだ。

……認めるも認めないも自由ですが、騎士団へ戻るつもりがあるのなら、サブドロップの恐怖を克服しなければ……」

「違う」

ハリスは首を左右に振って否定する。

しかし、キアランは眉ひとつ動かさず、冷淡に続けた。

「なにがです。あなたのパートナーはエドワーズ・オブライエン王太子だ。彼から直々にあなたの世話をするようにと手紙をもらったのですから、間違いはない。もちろん、Ｄｏｍ／Ｓｕｂのことはなにも書いてありません。そこが、彼の困ったところだ」

「王太子は、あなたのＤｏｍ／Ｓｕｂ性を……」

「ご存じですよ。しかし、私であれば、あなたに手を出さないと思ったんでしょう。人嫌いで人づき合いが悪いと評判だ。しかし、実際はこの通り」

キアランは笑い声をこぼしながら、腕を広げて屋敷を示した。

地主や名士たちと交流を深めている、と言いたいのだろうが、ハリスには仕方なく領主の務めを果たしているようにしか見えない。

「私が嫌っているのは、この土地以外の貴族たちだ」

同意しかねているハリスを置いて、キアランは話を続ける。

「彼らに負けず劣らず傲慢な振る舞いを返しているうちに、噂ばかりが先行したわけです。好かれて嬉しいことはありませんから、まったく気になりませんが。……しかし、あなたは違うでしょう。王太子の命令通り、こんな辺境までやってきて」

話し続けるキアランの声で気が紛れ、ハリスはようやく落ち着いて息を吸うことができ

た。肩で息を繰り返しながら、燕尾服の襟を整えなおす。

落としたチーフを自分で拾ったキアランは、それを丁寧に畳みながら言った。

「克服できなければ、あなたはここで一生を終えることになる。それだけならまだしも、称号は取り上げられてしまう。違いますか？」

真実をズバリと突かれ、ハリスは胸をえぐられたような苦痛を覚える。動悸がまた激しくなっていく気がして、石造りの手すりを片手で摑んだ。

「案外にあっさり治るサブドロップなのかもしれませんよ」

ハリスをちらりと見たキアランの口調に同情が滲む。ハリスの隣に並んで、石造りの手すりに両手を乗せた。

「サブドロップは、心のバランスを崩した状態だ。不均衡を正せば、同じＤｏｍともうまくやっていけます。今度はエドワーズも気をつけて、あなたを慎重に扱うのでは？」

「つまり……」

「あなたが、私の『躾』を受けるんです」

はっきり言われ、ハリスは露骨に目を見開いた。無作法ではあったが、感情を取り繕うことはできない。

「言い換えたほうがよさそうだ」

キアランはくちびるの端をほんのわずかに歪める。

「私が、あなたを『指南』します。ダネルを鍛えてくださっているお礼と思えばいいでしょう。従兄弟殿も、適度に遊べば立ち直るものと思っているかもしれないが、あなたはそういうタイプではない。違いますか」

「……それは」

ハリスは言い淀《よど》んだ。新しいパートナーを見つけて『躾』を受けることは王太子への裏切りになる。しかし、サブドロップに陥ったことから立ち直るためには必要なことだ。『指南』と思えば、ハリス自身の言い訳にはなる。いささか姑息《こそく》ではあるが、ほかに手段がないこともうすうすわかっていた。

ホールではＤｏｍの気配にあてられ、若い男から向けられた粗暴なグレアも防げなかったのだ。うまく立ち回れたわけではなく、切り抜けられたわけでもない。

それらはすべて、事態を軽く見積もった思い込みのせいだ。

キアランが言う通り、問題を克服しなければ、いつまで経っても堂々巡りを続け、ふたたび王太子の前へ出ることも叶《かな》わないだろう。

しかし、ハリスは戸惑い、答えに窮した。申し出をありがたく思えないどころか、キアランを信じることができない。

王太子とも、初めは良好な関係だった。しかし、いつからか、プレイが性的な雰囲気を帯び、受け入れられなかったハリスは『仕置き』と称して折檻《せっかん》を受けた。

あの屈辱と悲しみと、肌が裂ける痛みは忘れがたい。

キアランからの『指南』に性的な意味が含まれているのなら、今夜のうちにここを去りたいと思うほどだ。身体がわなわなと震え、ハリスは表情をなくして立ち尽くす。

「……なんとなく、わかってきました」

キアランはぽつりと言った。

「あなたは百合の騎士でしたね。その美しさが罪とは言わないまでも、そこにいるだけで人を魅了することは間違いない。ホールも混沌として……、あなたがその場を離れなければ大変なことになっていた」

「申し訳ありません」

Ｄｏｍであるキアランも当然、ホールに満ちた欲望の気配に気がついていたのだ。

「謝ることではありません。自然の中に咲く百合の花も、人目を気にして咲いたりはしないでしょう。私があなたに手を出す男色家だとお思いですか」

「わかりません。……男色家だけが、男と関係を持つわけではないでしょう」

「いろいろとご苦労がおありのようだ。Ｄｏｍ／Ｓｕｂのプレイは、男女の性よりも高尚なものです。私はそう考えています。だから、容易にパートナーを持たないことに決めているんです。落胆するのが目に見えていますから」

「では、なぜ……」

「……王太子のためですよ。あなたが回復しなければ、従兄弟殿の評判に傷がつく。おそらく、王都では数か月のうちに噂が広まるでしょう。春までが勝負です。遅くとも、夏。それを過ぎて改善の知らせを送ることができなければ、彼からパートナー解消の連絡が届く」

ハリスは息を呑んだ。その反応を見たキアランはうつむき、声をひそめる。

「あなたは王太子とのＤｏｍ／Ｓｕｂパートナーが理由ではなく、ここで起きた、なんらかの失態を理由に騎士の称号を剝奪される。……これが現実です」

わかっているでしょうと釘を刺すようなもの言いをされ、ハリスは返す言葉もなかった。

その通りだ。だからこそ、回復のためにならどんなことをしてもかまわないと、辺境の地が選ばれたのだ。女と関係を持ってもいいし、新しいＤｏｍ／Ｓｕｂパートナーを見つけてもいい。その代わり、春が来たらすべてを捨て去り、王都に戻って王太子のそばに侍るのだ。なにごともなかったかのように、白百合の微笑みを浮かべていなければならない。

「ハリス」

敬称をつけずに呼ばれ、ゆっくりとキアランへ身体を向ける。もう一度、ふたりのあいだにチーフが落とされる。

「『Ｔａｋｅ，ｐｌｅａｓｅ』」

コマンドが出され、ハリスは深呼吸をした。

屋敷の中から漏れ聞こえるワルツのリズムをわずかに感じさせる夜の空気が、怯えを隠す胸へ流れ込んでくる。膝を折り、身を屈め、ハリスは足元の白いチーフを拾った。

膝を伸ばして姿勢を正す。しかし、顔は伏せて、チーフをキアランへ差し出す。

「Ｇｏｏｄ《よ》，ｔｈａｎｋ《く》ｙｏｕ《でき》」《た》

受け取りながら顔を覗き込まれ、視線が合う。ハリスは思わず身を引いた。

心臓が跳ね、息苦しさがよみがえる。同時に背中の疼痛が始まる。身体が硬直して、激しい目眩《めまい》が起こる。しかし、周囲の景色が回るにつれて、甘い充足感も得た。

じわっと込み上げて、胃のあたりがほんのり温かくなる感覚だ。

「なにが正しいプレイなのかはわからない。けれど、これが私のやり方です。あなたの服を脱がしたりはしませんから、ご心配なく」

短く息をついてあざけるような笑みは、キアランの癖だ。しかし、小馬鹿にしたような態度も、ハリスにとっては安心材料になった。

性的な興味がまったくないとわかり、思わず安堵の息を吐く。まるで子ども騙《だま》しの簡単なコマンドのやり取りだが、ケアされた安心感はいままで経験したことがないほど穏やかだ。

「ハリス。ひとつ、試しておこう」

両腕を腰裏に回したキアランが眉をひそめる。まるで懸念事項があると言いたげな口調だ。ハリスは戸惑いながら彼を見た。

形のいいキアランのくちびるが動く。

「『Kiss，please《キスを》』」

性的なプレイはしないと言った先からくちづけを求められ、ハリスはまた硬直する。温かくなったばかりの胃が冷えて、吐き気にも襲われた。

「つらいね、すまない」

ハリスの身体が拒否反応を示していることに気づき、キアランは自分から顔を近づけてきた。チュッと音を立ててくちびるが触れる。

ハリスのくちびるのほんの端っこだ。

「Good」

言いながら、ぐいぐいと指で拭われる。ハリスの様子から、コマンドの取り消しではなく、実行とケアを優先させたのだ。

キアランが手にしているチーフは落としたものなので使わず、ハリスのチーフを抜いて手渡してくる。

「したくないことに身体が動かないのはいいことだ。……自分の意志ならね。でも、あなたの場合はどうだろう」

ふと考え込む表情になり、やがて肩をすくめた。

「セーフワードを聞いておかないといけないな。エドワーズとのあいだで決めていたものがいいと思う」

受け取ったチーフでくちびるを拭っていたハリスは、ゆっくりとまばたきを繰り返した。うつむいたまま、なにも答えられない。

セーフワードはＤｏｍ／Ｓｕｂパートナーがプレイをおこなう際、Ｄｏｍの行きすぎたコマンドを防ぐための合図だ。Ｓｕｂが受け入れられないと思ったときに発すれば、Ｄｏｍはそこでプレイを終わらなければならない。

しかし、いくら考えても、セーフワードは浮かんでこなかった。

決めた覚えもない。ハリスの相手は王太子であり、彼のコマンドを止めることなどありえないからだ。

「……ないのか」

キアランの声に苛立ちが滲み、表情も鋭くなる。

「その調子ではコマンドを拒んだこともないんだろう。逃げるためには、サブドロップするしかないわけだ……。あなたのせいじゃない。こういうことは、Ｄｏｍがしっかりと導くべきなんだ。それもＤｏｍ／Ｓｕｂの庇護と信頼だ。……エドワーズは奪う一方だった。彼の従兄弟として、本当に申し訳なく思う」

頭を下げられ、ハリスは驚いた。

「謝ることではありません」

両肩を押し上げると、キアランは鬱々とした表情で言った。

「あなたの目標は『Ｓｔｏｐ』と言えるようになることだ。セーフワードはエドワーズと決めるべきだから、私とは『Ｓｔｏｐ』を使おう」

「すぐに口から出てしまいそうですが」

本来なら、セーフワードは花や果物の名称を用いる。プレイ中にたやすく口をついて出ない言葉が好まれるからだ。

「いいんだよ、過激なことはしないから」

キアランは軽い口調で答え、ハリスを裏口まで案内して、自分だけホールへ戻る。

背中を見送りながら、ハリスはくちびるを引き結んだ。ぴりぴりとした痛みを感じて指を添える。チーフで強く拭いすぎたのだろう。

なにげなく手の甲を押し当てると、人肌の感触が他人のものに思われ身体が跳ねた。記憶の隅に押しやっていた苦痛が急激に引き出される。

髪を鷲掴《わしづか》みにされ、のけぞったくちびるを貪《むさぼ》られた記憶だ。

舌がくちびるを舐《な》め回し、指が端から差し込まれた。溢れた唾液はハリスの首筋へ垂れ、エドワーズはそこへもねっとりと舌を這わせてきたのだ。ハリスは恐れ、おののいた。相手の欲情が荒波のように押し寄せて、呑まれるしかないと思えたからだ。

屈辱と恐怖がよみがえり、ハリスは自分の身体を抱えながら、わざと壁へ肩をぶつけた。痛みが走れば、理性もわずかに戻る。しかし、心の混沌は止めきれず、涙が溢れてきた。だれに見られるとも限らない場所で、騎士である自分が泣くわけにはいかない。せめて寝室へ戻らなければと思ったが、足はぴくりとも動いてくれなかった。

自分の身体と精神が乖離《かいり》していく感覚に、ハリスは怯えた。恐ろしいサブドロップの予兆だ。もう二度と、まともには戻れないのかもしれない。

「ハリス、ハリス……」

遠くから声が聞こえ、両頬に温かな手のひらが押し当てられる。

ゆらっと揺れたハリスの瞳は、声に呼ばれるまま、まっすぐに前を向く。そこに立っているのはキアランだ。無表情に見えるほどの冷淡さでハリスを覗き込んでいる。

「やはり、寝室まで送るべきだった。……歩けるか？　肩を貸そう」

キスのコマンドがサブドロップを引き起こしたと思っているのだろう。声をひそめたキアランは、ハリスをかばうように腕を伸ばしてきた。

騎士となる以前から、人に守られたことのないハリスは困惑する。他人を頼るなど考えたこともなかった。

「平気です……。しばらくこうしていれば」

「こんなところでか。……おいで。高潔は美徳だが、こんなときまで意地を張ることはない」

キアランの腕が背中へ回り、身体が壁から離される。Ｄｏｍだけでなく、だれに触れられても嫌悪しか感じなかったハリスは思わず肩を引きつらせた。

しかし、ぐっと抱き寄せられて、予想外に心が凪《な》いだ。彼から受けたばかりのケアが尾を引いている。

「右、左、右、左だ。足は交互に出せばいいんだ」

ごく当然のことを言われても、笑う余裕はない。身体と精神が一致せず、歩き方さえ吹っ飛んでしまったハリスにはありがたいアドバイスだ。

頭の中で、右、左、右、左と繰り返しながら、キアランがかけてくる体重に従って足を踏み出す。

「あぁ、上手だ。これなら、すぐに部屋まで戻れるな」

褒められ、励まされ、ハリスはなんとか気力を振り絞って裏口の階段を上がる。だが、ほんの少しでも気をゆるめれば、涙がぼろぼろとこぼれてくる。

心は空虚で、軋《きし》むこともなければ、恥ずかしいとも哀しいとも感じない。ただぼんやりと気持ちが遠くへ流れていくばかりだ。

部屋に入ると、キアランはさりげなく身を引いた。椅子まで連れていってほしかったハリスは、すがるような目を向けてしまう。

「申し訳ありませんが、椅子まで手を貸してください」

息を乱しながら頼むと、キアランはふたたび手を伸ばした。今度は腕を支え、ゆっくりと部屋の奥へ進む。

肘かけ椅子にハリスを座らせると、身を屈めた。真面目《まじめ》な顔つきを寄せてくる。ハリスの瞳が正常かどうかを見ているのだ。

「平気です」

言葉を返しながら、キアランをまっすぐに見つめた。びっしょりと汗をかき、頬は涙に濡れていたが、作り笑いを浮かべる余裕は戻っている。

「きみは……」

キアランが言葉を詰まらせ、肘かけに両手を置く。苦々しい表情を浮かべ、身体を近づけてくる。

ハリスのくちびるに、生温かい息がかかった。身体はわずかに硬直したが、恐慌は起こらない。相手がキアランだと、頭が認識しているからだ。

「これまで、どれほどの無理をしてきたんだろうね。……いい子だ」

片手がそっと首筋を撫でる。指先は遠慮がちに優しいが、ハリスを見つめる瞳は感情に乏しく冷たい。人を愛する心がないように思え、ハリスは浅く息を吸い込んだ。

それでも、指先の体温には心を許してしまう。

ハリスにSubの習性があるように、キアランにもDomの習性がある。

それはハリスの知らないDomの姿に思えた。対象を優しく慈しみ、心ごと庇護する寛大さだ。見た目の冷淡さとはまるで違うキアランの指先に、ハリスは呆然《ぼうぜん》としたまま身を任せた。

「ハリス。『Kiss，please』」

コマンドに少し遅れて、くちびるが触れる。キアランから押しつけられた。

キスをされているとすぐに気がつく。

コマンドを口にすれば、それはプレイだ。本来ならハリスからキアランにキスしなければならないのだが、キアランはハリスを待たなかった。

「……止めないといけないよ」

叱る口調は普段の会話よりも断然に鋭く、どこかもの憂い。ハリスは戸惑いながら彼の腕を摑んだ。あごをそらし、伸び上がるようにしてくちびるを押しつけ返す。

褒められたかった。ただ純粋に、Subの本能がそれを望んだ。

ふたりのくちびるはぴったりと重なり、キアランは顔の角度を変えながらキスを続ける。

柔らかな仕草でついばまれた瞬間、ハリスはぞくっと震えた。はらはらと涙がこぼれて落ちる。キアランはぴたりと動きを止めて身を引く。過去の苦痛が巻き戻ったと思ったのだろう。

「Ｇｏｏｄ，ｔｈａｎｋｙｏｕ」

ケアで伝えられる言葉は、Ｓｕｂに与えられる褒美だ。『Ｒｅｗａｒｄ《リワード》』と呼ばれる。エドワーズとの関係でも、必ず与えられた。『Ｇｏｏｄ』の言葉も同じだ。けれど、『Ｔｈａｎｋｙｏｕ』と言われたことはない。

「どうして、礼なんて……」

「キスさせてくれただろう？　でも、本当なら、きみからしてくれないといけないコマンドだ」

キアランの手がハリスの引き締まった頰を包み、涙が拭われる。

「キスが性的なプレイだと思うなら、止めてくれていい」

「……親愛の、キスなら」

その程度はできるようにならなければ、王太子との関係改善は難しい。良好だったころも、手や頰へキスするコマンドは出されていた。

「そう。ならば、次からは親愛のキスを」

くちびるの端を皮肉げに歪め、キアランが離れていく。

「メイドを呼んでおくから、休んでくれ。夜会に顔を出してくれて、ありがとう」

部屋に備えつけられたベルを鳴らし、キアランは気安い仕草で手を上げた。つられたハリスも手を上げてしまう。

椅子に座ってキアランを見送り、ハリスはまた自分のくちびるに触れた。

苦痛がよみがえりかけたが、ぐっと目を閉じる。エドワーズの乱暴さを押しとどめ、キアランとのくちづけで上書きしていく。

いまのくちづけが親愛の証しかと言えば、そんなことはない。キアランの瞳は冷たく、ハリスを『指南』しているだけだ。しかし、エドワーズからされたものよりはよっぽどよかった。安心して身を委ねることができる。

エドワーズからされたあれは、くちづけと呼ばない。

心に何度も繰り返し、自分に言い聞かせる。ハリスは深い息を吐いた。

キアランのざらりとした声のリワードが、息づかいと共に思い出された。

【2】

季節は深まり、庭に植えられた木々も葉を落として、すっかり姿を変えた。足元に積み重なった枯れ葉は遠くから眺めても、近くから見ても色の重なりにおもむきがある。空も白っぽい水色に変わり、ときおり冷たい風が吹き抜けた。使用人たちは雪の始まりを気にするようになり、夜は暖炉に火が入る。

ダネルとは二日に一度の鍛錬を繰り返していた。

剣術や馬術の指南に加えて、詩の朗読も始めた。ハリスがやってくる前におこなわれた夜会で、どこぞの子どもが詩の朗読を披露してみせたからだ。自分も見事にやってのけてキアランを驚かせたいと、ダネルは熱心だった。

彼は心の豊かな少年だ。

自分の置かれている状況を肌で感じ取り、わずかな幸福を増幅させる力を持っている。ハリスが学ぶべきところも多くあり、彼といる時間は、童心に返ることができる貴重なひとときだった。

「――つまり、きみが騎士団へ戻れないと、一族の汚点になるわけだな」

ソファの肘かけにもたれたキアランがあごを支えながら言う。向かいに座ったハリスは答える代わりに目を伏せた。ふたりのそばにある暖炉には薪がくべられ、ちりちりと音を立てながら燃えている。

ツエサル・フィールドの書斎は広く、二間に分かれていた。壁には本棚が備えつけられ、天井近くまでぎっしりと本が詰まっている。図書室でもあるのだ。すべてが読むためのものではない。骨董品や美術品として価値の高いものも納められ、書斎を完全な知の空間にしていた。キアランが書き物をするテーブルも置かれ、日中はここで過ごすことが多いようだ。

ほかには居間や応接間があり、音楽室や喫煙室もある。それぞれじゅうぶんな広さがあり、室内の装飾や調度品にかかった金額は想像もできない。

それほど、フィッツノーマン家が裕福な証しでもある。キアランが当主となった現在も、もちろん変わっていない。屋敷に住む人間がふたりきりになってしまっても、使用人の数は減らさず、どの部屋もすぐに使えるように手入れされている。

それはすべて、幼いダネルのためだ。ものごころがつく前に両親を亡くした彼にとっては、ツエサル・フィールドのすべてが思い出になるとキアランは考えている。だから、ひとつも『死んだ部屋』にしない。

「サブドロップの後遺症は、医者であっても治すことができないというのに……」

なにごともはっきり口にしてしまうのは、キアランの長所であり、最大の短所だ。そっけない口調と鋭い声色、そして無表情な顔つきが印象の悪さを増大させる。

ハリスはすっかり慣れ、彼の個性だと受け流す。

「改善した例はあります。……同じ、パートナー相手でも」

「きみは、妙なところで楽観主義だな」

冷笑を浮かべるキアランの手には、澄んだガラスに繊細な柄を刻んだタンブラーがある。中身はウイスキーだ。ツエサルは山ばかりで海を持たない土地だが、良質な水の流れる川がある。そのそばに蒸留所が建てられ、領地だけに出回るウイスキーが作られていた。

味はまろやかで、木々の枝を揺らすそよ風のような爽やかさだ。

年代の深い樽《たる》はない。まだ建てられてそれほど年数の経たない蒸留所だからだ。

領地外へ売らないのかと尋ねると、キアランはいつもの調子でそっけなく、そのときではないと端的に答えた。彼が金を出して建てた蒸留所だ。すでに策を持っているらしいが、頭の中を見せてもらえることはない。

なにを質問しても、キアランの答えは短く、ふっと空気を沈ませる。

「相手が王太子だからと言って、無理をすることはない。Ｄｏｍ／Ｓｕｂの不一致は当然ありえることだ」

「……考えたこともありません」

タンブラーを両手で温めると、大きな氷が溶けた。爽やかな香りがゆるやかに広がっていく。

まだ見たことのないツエサルの夏へ想いを馳《は》せたくなる香りだ。

「あまりに急だったんです」

「……そうかな」

キアランはまた冷笑を浮かべた。エドワーズを弁護するハリスの態度が気に食わないのだ。

「エドワーズとの行為について詳しく聞くつもりはないが、きみの様子を見ていれば、問題そのものは相手にある。……静養と言わず、治療と言うべきだ」

「キアラン。そんなふうに言わないでください。王太子だけが悪いように聞こえます」

「そう言ってるんだ、当然だろう」

アルコールが入っていてもいなくても、キアランは臆することなく王太子を非難する。

「あなたは、ものごとをはっきり口にしすぎます」

擁護されているハリスがいたたまれなくなってしまう。

「そういう性分だ。それが疎ましくて、ここへ返されたんだからな」

「……王太子の遊び相手でいらしたんでしたね」

「あの男は、昔から、顔だけで世間を渡ってきたようなものだ。王太子の『世間』もたかが知れた広さだがな」

「なにか恨みでもあるんですか」

あきれてため息がこぼれる。タンブラーを回して、ウイスキーの香りを嗅ぎ、ハリスは長いまつげを伏せた。

丸眼鏡をかけたキアランが、ふんと鼻を鳴らして言う。

「私も、こんな辺境住まいだ。心も枯れてくる。きみとエドワーズは同じ年齢だな。私とは四つ違いだ」

「はい、そうなります」

「ここへ戻る前に、彼をしっかり躾けておくべきだった。Ｄｏｍ性が発現したときから、危うかったんだ。……かわいそうに。きみは何人目かの犠牲者だ」

「ほかにも……？」

同情が苦々しく胸を刺した。

「王太子であれば、必ず近衛騎士団からパートナーを選ぶ。しかし、彼がＤｏｍとわかったのは十二歳のときだ。きみと出会うまでには、女性Ｓｕｂとの遍歴もある。……私が追い出されたのも、相手への扱いを注意したからだ」

「あなたの口調で言われたら、エドワーズ様も、よっぽどうるさく思われたでしょうね」

ハリスがちくりと刺しても、キアランはどこ吹く風だ。鼻眼鏡の奥で瞳を伏せ、ウイスキーのタンブラーを傾ける。そして、胸に垂らした長い黒髪を指に巻きつけた。

「きみ、女性の経験は？」

いきなりの不躾な質問だ。ハリスは不快さに眉をひそめた。

Ｄｏｍ／Ｓｕｂの指南を受けているとはいえ、彼を全面的に信頼したわけではない。個人的な性遍歴を問われる謂《いわ》れはなかった。

しかし、ハリスが答えないと見ると、キアランは髪をいじりながらくちびるを開いた。

「『Ｓａｙ《言いなさい》』」

Ｐｌｅａｓｅと続かないコマンドは鋭利だ。

ハリスはびくっと背を揺らし、くちびるを震わせた。

ふたりがプレイをするのは三日に一度だ。場所はいつも異なる。書斎だったり、居間だったり、喫煙室だったり、ふたりの寝室以外の個室が使われた。

顔を合わせた瞬間から、プレイは始まっている。

「ハリス。教えてほしいんだよ」

優しいそぶりをしたキアランの声色は、硬質で冷たく、有無を言わせない圧がある。

グレアが強く発散されなくても、Ｄｏｍは生まれながらのオーラを有していた。それが威圧となるか、威嚇となるか、それとも威厳となるか。それには個人差があり、Ｄｏｍ本人の心根に依る。

キアランのオーラには波があり、これまで出会ったＤｏｍの中でも優れた自制が利いていた。当初はＮｅｕｔｒａｌと思ったぐらいだから、相当のものだ。

「聞こえているだろう？　それじゃあ、まずは、ここへ。『Ｃｏｍｅ《おいで》』」

タンブラーを手にしたまま、ソファーの肘かけをぽんぽんと叩く。

ハリスはうつむき、ゆっくりと立ち上がった。手にしていたタンブラーはテーブルへ残して、肘かけのそばに立つ。

「Ｇｏｏｄ」

満足げにうなずいたキアランは、立てた人差し指を下へ向けて床を指した。

「『Ｋｎｅｅｌ《膝をついて》』」

跪《ひざまず》くコマンドだ。関係が進めば『お座り』の姿勢ともなり、床の上に腰を下ろし、膝を合わせてぺたんと座る格好になる。エドワーズとのニールは『お座り』だった。

しかし、キアランとはまだそこまで進んでいない。

ハリスはおとなしく片膝をついた。

「Ｇｏｏｄ」

即座に褒められ、うつむいた頬を冷たい指先がかすめる。ふと隙間風が吹くような惑いが生まれ、ハリスの集中力が削《そ》がれた。

しかし、キアランのコマンドに引き戻される。

「『Ｌｏｏｋ《見なさい》』」

言われるがままに顔を上げた。まっすぐに視線を向けると、ハリスの身体はわずかに傾いだ。エドワーズとのプレイが急激に思い出され、瞳がゆらゆらと揺れてしまう。キアランにはすぐに気づかれる。

「いま、だれとプレイをしているのかな」

身を乗り出すようにしているキアランの指先が、ハリスのあご下を軽く支えた。

「『Ｌｏｏｋ』」

もう一度コマンドを出されて、ハリスはぼんやりと彼を見つめる。そこにいるのが、だれなのか。目で視るものと脳で認知するものがずれ始め、ハリスは怯えの表情を浮かべながらわずかに身を引く。

顔をそらすと、キアランの手は素早く動いてハリスの頰を押さえた。

「いい子だ、ハリス。きみはきれいな瞳をしている。森の中で眠る湖のようだ。……さぁ、きみとプレイしているのはだれ？　『Ｓａｙ』」

「……キアラン」

「うん、その通りだ。よくわかってる。……あぁ、そうか」

タンブラーをテーブルへ置き、プレイがうまくいかない理由がそれにあるとでも言いたげに鼻眼鏡をはずす。もったいぶった仕草だ。

次に、自分のネクタイをゆるめ、その手をハリスへ伸ばす。ベストに収まったハリスのネクタイをそっと引き出す。

「『Ｓａｙ』。きみが抱いた女の数を教えて」

「……ッ」

片膝ついた姿勢でネクタイを摑まれたまま、ハリスは硬直した。私的なことを暴露するように求められ、全身が熱くなる。服の中でじんわりと汗をかいた。

しかし、コマンドで要求されたなら、口にしてしまう。そうでないなら拒否するしかないが、たとえセーフワードを使っても、Ｓｕｂには精神的な苦痛が伴う。

Ｓｕｂにとっては、Ｄｏｍを信頼して従うことが、なによりも心地いい。問われたことには答え、素直に応じてすべてをさらす。それが本能だ。

「……三人」

声をひそめてハリスが答える。

「へぇ、騎士にしてはずいぶんと少ない」

あざけるように言われ、頭に血がのぼった。恥ずかしさを押し殺して答えたのに、ひどい言いざまだ。ハリスが自分のネクタイを奪い返すと、相対するキアランは驚くでもなくくちびるを閉じた。

それから、ゆっくりとまばたきをして、自分を睨んでいるハリスを眺める。悠然とした仕草には不完全な関係を愉《たの》しむ気配があった。

ハリスの憤りは相手にされずに溶けていく。やがて、感情の置きどころがなくなり、呆然とした。キアランを見つめる目もうつろだ。

心が空っぽになって、ただ、彼の愉悦に満ちた微笑みとも言えない薄い笑みに向かい合っていたくなる。

不思議な感覚は未知のものだったが、ハリスは抗いきれずに身を委ねた。足元がふわふわとして、片膝ではバランスを取るのが難しくなる。だから両膝をついた。自然と身体が沈み、気がついたときには尻も床につけ、『お座り』の姿勢になる。

「きみは上手に座るんだね。とてもきれいなニールだ」

キアランのリワードは、冷たい口調のせいでいつもしらじらしい。性愛の対象ではない同性に対して、一生、口にしないような褒め言葉だ。

心のうちでは、嘲笑しているに違いない。

そう思うのに、ハリスの心には、リワードが甘くじんわりと沁《し》みていく。

言葉ばかり豪華で中身のない張りぼてのリワードを、喉から手が出るほどに欲していたのだ。コマンドに従い、ケアを受け、与えられるリワードだ。

ここへ来て一か月。エドワーズとのプレイがうまくいかなくなって半年。これほどまで欲していたことに気づき、ハリスは心苦しくなる。

かつてはエドワーズも手放しに褒めてくれた。

紅潮した頬を慈しむように撫でられ、うっとりしたことも一度や二度ではない。この人のためになら、なんでもできると心から思った。命を賭してでも仕えていくと、真実、忠誠を誓ったはずだ。

けれど、エドワーズとのあいだにあった信頼の絆は、ハリスの心と共に壊れてしまった。元に戻りたいと願うけれど、それがどんな姿であったかさえ、いまはもうおぼろげだ。

「あなたのリワードは、しらじらしくて、いい……」

ハリスは目を閉じる。

「心がこもっていないと安心します」

恥ずかしさをこらえて打ち明けたことを嘲笑されたのだ。こちらからの反撃も当然の権利に思えた。

「心か……。そんなものは、どこにあるのだろうね」

キアランの手で頭を撫でられ、そのまま頬に指が這っていく。

ハリスはうっすらと目を開いた。

「『Ｄｏｗｎ《伏せ》』」

命じられて、その場に伏せる。

「『ＵＰ《立て》』」

今度は膝立ちになった。

『Two around《二周しなさい》』」

くるくると指を回され、立ち上がったハリスはソファの周りを大きく二周して戻った。

「Good, good, good」

拍手しながら声をかけられ、両手が差し伸ばされた。

「しらじらしくても、きみを褒めなければ……。そうだろう、ハリス。きみはこんなにいい子だ。さぁ、おいで。いつものとっておきをあげよう」

膝をポンと叩いて『Come, kneel』と呼び寄せられる。ハリスはおずおずと近づき、キアランの足元で跪いた。両膝で立つと、両手で頬を包まれる。

「私のリワードがいくらしらじらしくてもね、きみの瞳が美しいのは本当だ。長いまつげも、引き締まった頬も、このくちびるも」

リワードを与えられながら、ハリスは一心にキアランを見つめた。

額にくちびるが押し当てられ、くすぐったさに肩をすくめる。

「『Kiss, please』」

コマンドをささやかれても、ハリスは動かない。その代わりに、キアランの膝に両手を置く。彼の足は見た目よりも太く引き締まっている。騎士として鍛錬を欠かさないハリスよりもひと回りは大きいようだ。

ハリスは動きを止めたまま、ズボンの布地を指先で軽く摘まんだ。

「……しかたがないな、きみは。ご褒美だよ」

コマンドを無視するハリスのくちびるに、キアランからのキスが触れる。

強引さはまるでなく、そっと押しつけられたハリスはわずかに身を引いた。こんなことを求めている自分の心が摑めず、今夜もまた戸惑いに駆られる。

しかし、それ以上に、キアランとのキスは充足感を生む。

くちびるの角度を変えて、数回押しつけられ、ハリスはただ受け身にキスを与えられる。ひとつも奪っていかないくちづけが、見失ったエドワーズへの親愛を呼び戻してくれるようにと願い、ハリスはわずかに伸び上がった。キアランの瞳は閉じられることなく、ハリスを眺めている。それもまた、彼の冷淡なところだ。

ハリスはうっすらと開いた目を伏せて、視線をそらした。

執拗《しつよう》に観察されることに羞恥を覚え、逃れようと首を左右に振る。キアランは止めなかった。ハリスが息をつくと、濡れたくちびるを親指で拭ってくる。

そしてもう一度、顔を近づけた。

「やめようか？」

尋ねてくる声は笑っている。けれど、顔には微笑みのひとつもない。

顔の神経が失われているのではないかと考え、ハリスは両手を伸ばした。無意識でキアランの頬へ触れてしまい、自分で驚いて身をすくめる。

「どうした？」

尋ねられ、首を左右に振る。

あまりに無表情だから、顔の神経を心配したのだとは言えない。

「……なにも」

首を振って答えると、またくちづけが始まる。キアランは何度もハリスのくちびるをついばんだが、興奮する様子はまるでなく、紳士的なままだ。

ハリスはついに、これが本当にくちづけなのか、わからなくなる。

性的な行為であることさえ信じられなくなり、ぼんやりとキアランの瞳を覗いた。ひんやりと冷たい眼差しに受け止められると、不思議に身体の芯が熱くなる。

「いい子だね、ハリス」

くちづけの合間にささやかれ、両手の指をそっと握りしめられた。

終わりがないように思えたやり取りはそこで途切れ、ハリスは長い息を細く吐き出す。指が離されると、理性と現実が舞い戻る。たっぷりと与えられたくちづけの余韻が沈黙になり、ハリスは少し慌ててキアランに話しかけた。

「……明後日、ダネルと仔犬を見に行きます」

くちづけのあとの沈黙を恐れ、早口になる。

「あなたも一緒にいかがですか」

「私が一緒では、楽しいものも楽しくなくなってしまう。ダネルの世話を頼んで申し訳ないが……」

「行きましょう、キアラン」

ハリスは思わず腕を伸ばし、キアランのジャケットの袖を摑んだ。

「ダネルは喜びます。本当なら、わたしではなく、あなたと行きたいんですよ」

「……それでは、三人で」

答えるキアランが鼻眼鏡に手を伸ばす。横顔を目で追ったハリスは、暖炉の火で明るく浮かび上がる彼の頰に人間らしい血色を見たような気がした。

「照れて、ます……?」

思わず言葉がくちびるからこぼれてしまう。キアランはぴたりと動きを止めた。

「なぜ」

短いひと言はいつものように鋭い。しかし、ハリスにはこれまでと同じには聞こえなかった。

＊＊＊

翌々日、支度を済ませて部屋を出たハリスは、階段からホールを見下ろした。

すでに用意万端のダネルがひとりで待っている。そわそわと落ち着きのない手は、分厚い外套《がいとう》のあちこちに触れ、ボタンを確かめ、次に靴を確かめ、耳当てのついた帽子を確かめていた。

思わず笑みがこぼれ、ハリスはリズムよく階段を駆け下りた。

キアランを誘ったことをダネルには秘密にしている。彼の予定が変わってしまう可能性も考えられたし、がっかりさせたくなかった。

「行きましょう」

待ちきれない様子のダネルに手を引かれ、ハリスは両足を踏ん張った。

「ちょっと、待って……」

階段の上を見ても、キアランの現れる気配はない。約束のことなど忘れてしまったのかと思うと、直前で予定を変えられるよりも胸に来る。

ダネルを喜ばせることができなかった落胆と、そして……。

「申し訳ない。帽子が見つからなくて……」

上から現れると思っていたキアランは、ホールの扉から出てきた。その向こうは書斎だ。

耳当てのついている毛皮の帽子を手にしたキアランがその場で足を止める。鼻眼鏡をつけておらず、髪は後ろでひとつに結ばれている。

驚いて硬直しているダネルとハリスを交互に見比べた。

「ダネルはわかるが、きみまでどうして驚く」

「いえ、階段の上から現れるかと」

「……おあいにくさま」

あごを引いたキアランは意地悪そうに目を細めた。しかし、ハリスにはわかった。彼はずいぶんと早くに準備を済ませ、書斎でじっと時が来るのを待っていたのだ。そうだろうと聞いても、否定されるとわかっているので、ハリスは口をつぐんだ。

代わりにダネルが口を開く。

「お、叔父様もご一緒されますか？　ミラーさんのところの仔犬を見に行くんです」

「たまにはくだらないことに時間を使うのもいいだろう」

「キアラン。そんな言い方はないでしょう」

ハリスが口を挟むと、ダネルは驚いたように両肩を引き上げ、大人ふたりを見比べる。その仕草は思いがけずキアランと似ていて、ハリスの胸はほっこりと温まっていく。

思わず微笑みを浮かべると、ダネルの視線がハリスの顔で止まった。

「誘ってくださったんですね」

ダネルは満面の笑みを浮かべた。しかし、つぶらな瞳は潤んで、目のふちはほんのりと赤く染まる。

「いいえ、今日の予定を伝えたら、一緒に行きたいとおっしゃったんです。でも、予定が変わるかもしれないから、内緒にと……ねぇ」

ハリスは微笑みをそのままキアランへ向けた。優しい嘘につき合うようにと目配せをする。

「さぁ、どうだろう」

キアランは言葉を濁し、ダネルの背中に手を当てた。

「外套のボタンはきちんと留めてあるか？　ローズのことだから問題はないだろうが、今日は寒いぞ」

「はい、毛糸の上着も着ましたし、ズボンも二枚重ねています。手袋もここに」

そう答えてポケットを叩く。

「よし。行こう」

ダネルを先に促して、キアランが冬仕立てのコートの肩越しに振り向く。

「行こうか」

手を差し伸ばされ、ハリスはその指先に目を奪われた。労働に従事しない男の手は、爪の先まで美しい。その爪は裏返って見えなかったが、指先のふくふくとした肉づきはしっかりと見える。

それが自分の頰を撫で、あご先をなぞって持ち上げていく。一連の動きを思い出せば、身体の芯が震え、火がついたように熱くなる。

どうした、とキアランは問わなかった。指もすぐに引っ込められ、ダネルを追ってホールを出ていく。

堂々とした足取りの背中を見送り、ハリスは不思議な感覚を味わった。

キアランが来ないと思ったとき、ダネルをがっかりさせてしまうことを考え、同時に、自分との約束を忘れてしまったのだとショックを受けた。

ほかのだれでもなく、自分との約束だけは違《たが》えないと、無意識に信じていたのだ。

そのとき、玄関からハリスを呼ぶダネルの声がした。

ハリスは気を取り直して、後れ毛をそっと耳にかけてあごを引く。玄関へ向かい、一歩を踏み出した。

ダネルは待ちきれないように駆け戻ってきて、ハリスの手を引く。三人で屋敷を出て厩舎へ向かった。すでに馬の用意は済み、ハリスの愛馬であるアイリーンとキアランの馬が外に繋がれていた。

「ダネルはわたしの馬に乗せますが、かまいませんか」

ダネルはまだひとりで馬に乗るには危うい。キアランを誘う前から、そのつもりでいたが、とりあえず確認を取る。

「もちろんだ。馬の扱いはきみのほうがうまい」

うなずいたキアランが近づいてきた。

当のダネルは二頭の馬に行儀よく挨拶をしていた。その仕草が愛らしい。ハリスは微笑んで眺めたが、キアランの表情は微塵も変わらなかった。いつもの通りだ。

「……今日、明日にも雪が降りそうだ。首が冷えるといけない」

「いいえ、あなたこそ」

自分の襟巻きを取ったキアランの腕を押し留める。

「私はここの寒さに慣れている。ほら、遠慮しないで」

ふっと息を吐くように優しげな口調で言われ、ハリスは息を詰めた。襟を立てればだいじょうぶだと思っていた首に襟巻きをつけられる。

「温かいだろう。帰りはもっと冷えるかもしれない。覚悟しておけよ」

からかうように言われ、ハリスは笑いつつキアランを睨んだ。しかし、すでに背を向けられていて届かない。

ハリスは肩をすくめて、ダネルを呼んだ。厩番に手伝ってもらい、先にダネルを乗せてから背後に騎乗する。

「さぁ、ダネルが合図を出して」

乗馬の練習も兼ねている。手綱はふたりで持ち、発進の合図をダネルに任せる。

「は、はい……っ」

答える声も小さく、こわごわとした足の動きだ。アイリーンは迷った様子で、先に動き始めたキアランの馬を見る。

「ダネル、もう一度。いつも教えていることを思い出して」

優しく声をかけると、ダネルは深くうなずいた。緊張がほどけたのは、キアランに置いていかれたくない一心だったのかもしれない。

まだ細く頼りない足に胴体を挟まれ、アイリーンはたどたどしく一歩を踏み出す。ハリスがそっと『進め』の合図を送ると、安心したようにキアランの馬を追い始めた。

「叔父様は乗馬が上手だね」

「はい、とっても」

ハリスが声をかけると、腕の中で手綱を握ったダネルは嬉しそうに声を弾ませる。

ふたりの頬に吹く風は冷たく、耳を澄ませば、細く獣が鳴いているような音さえ聞こえてきた。

どこまでも続く丘陵の草は枯れ、秋にはざわめくように音を響かせた枯れ葉もいまはない。裸木は細い枝をあちらこちらに伸ばし、低い曇天の中で黒々とした絵画のようだ。

すべてが眠りにつく瞬間のように思え、ハリスの心はさびしさを覚えた。

しかし、腕の中に収まっているダネルは温かく、冬の到来を忘れさせるほどに陽気だ。

ただ、小さな犬を見に行くだけのことに興奮している。

純粋で無邪気な感覚は、ハリスがとうに忘れてしまったものだ。

そう思い、先を進むキアランの背中へ目を向けた。軽口を叩き合う仲は心地がよく、Ｄｏｍ／Ｓｕｂの関係以前に友情を築いてくれていることがありがたい。

それは、ハリスが知っているＤｏｍ／Ｓｕｂとはまるで違う。

エドワーズ王太子との関係は完全な主従のそれで、従うことに幸福はあったが、プレイのやり取りを愉しむという感覚はなかった。

つまり、心を委ねることもなかったのかもしれない。

キアランとのプレイを重ねる中で、ハリスはＳｕｂである自分の習性について何度も考え直した。Ｄｏｍについても同様だ。

忠誠心だけでは、なぜ良好な関係が成立せず、王太子の要求を呑むことができなかったのか。キアランとキスできるのだから、王太子とも無理ではなかったはずだ。そのことにも少しずつだが目を向ける努力ができるようになってきた。

考えるたびに背中は焼けるように痛くなったが、呼吸困難になるほどの恐慌状態には陥っていない。

苦しくなれば、キアランのリワードを思い出せばよかった。

しらじらしいほどおおげさに褒めてくれるのに、温かみのない声だ。それでも、ハリスの胸に沁み渡り、ゆったりとたゆたうような安堵感を与えてくれる。

コマンドに従わないことをたしなめてくるキアランの口調を思い出し、丘を吹き抜ける風の中でハリスは目を細めた。身体の芯が熱を帯びて、肌がしっとりと汗をかく。

そのとき、ダネルの声が明るくこだました。

「農場が見えてきました！」

指差した先では、キアランの馬が走り出している。

「困った人だな」

ハリスは小さな声でつぶやき、片腕でダネルを抱き寄せた。

「摑まっていて！」

「え！　え！　は、はいっ！」

追いかけたくてうずうずしていたアイリーンへ合図を送ると、足の運びはまたたく間にリズムを速め、やがて駆け出す。

かなりのスピードだが、ふたりが振り落とされることはない。

「キアラン！　危ないじゃないですか！」

追いついて隣に並ぶと、背筋を伸ばして前を向いたままのキアランは伏し目がちにあごをそらした。

「私がなにをしたと言うんだ」

しらっとした言葉が返る。

確かに走るスピードは自由だ。しかし、アイリーンとキアランの馬は相性がよく、片方が走れば追いかけたがる。

「では、あなたの馬の責任ですか」

「ダネルは楽しかっただろう?」

ハリスの当てつけをさらりとかわし、キアランはようやく振り向く。ハリスの腕にしがみついて固まっているダネルを見た。

無表情を決め込んだキアランの頬がヒクッと引きつり、じわりと表情が変化した。笑みと言うにはささやかな変化だが、ハリスは驚き、目を奪われた。

「おまえはこわがりだな」

意地悪く口にする言葉にも、長く一緒に暮らしてきた小さな存在への慈しみが見え隠れするようだ。

「だ、だって……、ぼく、落ちたことがあるもの」

ハリスは初めて聞く話だ。

「そうなの?」

ダネルの姿勢を直してやり、安心できるように胸を片腕でしっかりと抱き寄せる。

答えはキアランから返ってきた。

「二年前だ。勝手に馬に乗って、転がり落ちた。あのときのローズの慌てぶりは大変なものだった」

キアランは前へ向き直り、馬の首をそっと撫でた。

「私に叱られて、もう馬には乗らない、乗れなくていいと、あれほど拗《す》ねていたのにな。ハリスが来てからはすっかり練習熱心になった。ツエサルを治めるには、馬に乗れなくてはな」

馬同士が自然と近づいて、キアランの手がダネルの頬を撫でた。そして、また離れていく。

「ハリスはさすがに技術がある。この子を乗せて障害物も飛べるだろう」

「そんな危ないことはさせないでください。趣味が悪い……」

「……叱られたな」

ふっと鼻で笑い、キアランは後ろへ下がっていく。ハリスたちに先を譲ったのだ。

農場の敷地へ入ると、一本道の先に母屋《おもや》が見えた。

待っていたのだろう農場主のミラーが、大きく手を振っている。

「叔父様、楽しそうですね」

馬から下ろしてやるとき、ハリスの肩に腕を回したダネルが言った。

「そうか、それはよかった」

答えるハリスの言葉は、ダネル自身へ向けたものだ。キアランが楽しそうで嬉しいと思う、少年のけなげさが愛おしい。

ダネルがミラーに呼ばれ、仔犬を見に行く。ハリスとキアランはミラーの妻のイブリンに誘われて母家の中へ入った。紅茶をもらい、暖炉にあたる。分厚い外套を着ていても、手袋をつけていても、身体は冬の寒さで冷えていた。

しかし、一度は汗ばむほどに熱くなったことを思い起こす。ハリスは椅子から立ち上がり、テーブルを離れた。

カップをソーサーに乗せて持ち、窓辺へ寄る。

ガラスの向こうでは、ダネルが仔犬たちと走り回っていた。

耳をピンと立てた仔犬たちは元気いっぱいだ。成犬になれば豊かになるだろう毛並みも、いまはまだ伸びきっていない。

「こうしていると、ダネルも立派な牧羊犬に育ちそうだな」

隣に立ったキアランがうまくない冗談を口にする。ハリスはあきれた目を向けながら、ダネルについて走る一匹の白い仔犬に気づいた。兄弟たちが茶と白の入り混じった毛並みをしている中で、その仔犬だけが真っ白だ。

「あの仔犬は育っても白いままでしょうか」

ハリスが尋ねると、キアランは首を傾げた。その場を離れ、イブリンに質問をして戻ってくる。

「育つ中で茶色の毛が混じってくるものもいれば、あのまま、白い犬もいるそうだ」

「どうやら、ダネルに懐いているようですね。そばを離れない」

「……あの仔犬たちは、じきにもらわれていく」

キアランの言葉がピシリと鋭く響き、ハリスは目を伏せた。

「その口調でダネルに言わないでくださいね」

「言わねばならぬときは、言う」

無感情に返され、ハリスはまっすぐな視線を向けた。睨みつけようと思ったわけではない。なぜ、そこまで冷淡に振る舞うのかと疑問を感じただけだ。

キアランの横顔は冴えざえと怜悧《れいり》で、端正な目元に厳しさがある。だからこそ、理性的で美しい。ツエサル・フィールドに飾られたフィッツノーマン一族の肖像画からも同じ印象を受けたが、キアランは飛び抜けて涼しげで厳しい顔つきだ。

どれほどつらい冬を越えれば、これほど感情を削ってしまうことになるのかと、ハリスはぼんやり考える。

「なにか？」

視線に気づいたキアランの顔が動き、横顔の肖像画を眺める気分でいたハリスは戸惑った。

「いいえ」

見惚《みと》れていたとは口に出せず、かといって視線もそらせない。冷たい瞳で見つめられると、ふたりきりでおこなうプレイ中のコマンドを思い出す。

あの鋭さを帯びた発音を聞くと、ハリスの身体の中心に一本の芯が通る。背筋が伸びて肩が下がり、胸が大きく広がって、新鮮な空気がたっぷりと流れ込んでくる瞬間だ。

コマンドに従うのだから縛られているも同然なのに、自分自身が解放されていくような気がする。

「キアラン。あなたの騎乗姿はとても整っていて、きれいでした」

「きれい？」

聞き直されて、ハリスは苦笑いを浮かべた。居心地が悪くなり、視線をそらそうとした瞬間、身体が傾いだ。

「おっと、危ない……」

ハリスが傾けたカップを押さえたキアランに一歩踏み込まれ、ハリスはその場に立ちすくむ。視線がぶつかったまま離せず、見つめ合う。二本の糸が、じっくりと絡んでいくような気がした。

「きみに言われると不思議だな。私より、なにもかもに秀でているのに」

キアランの瞳は少しも揺るがず、ハリスへとまっすぐに注がれる。熱っぽさはまるでなく、ハリスの瞳に映っている自身の姿を確かめているようだ。

しかし、それでいて、目元には感情の兆しが見え隠れする。ハリスはそれを摑みたいと思い、前のめりになった。

「きみの瞳は神秘的だ」

キアランの言葉が右から左へと流れていき、手にしたカップとソーサーが取り上げられる。ハリスが持っていては、こぼしてしまうと思ったのだろう。

もう片方の手が動き、ハリスのあご裏を撫でて離れる。

「もうじき、雪の季節だ。……きみはまだ帰れそうにないな」

意地悪くも聞こえる冷たい声はハリスの胸に沁み、不思議と感情を揺さぶられる。

それを隠し、ハリスは窓の外へ目を向けた。

「このあたり一帯が雪に埋もれるのを、見てみたいと思います」

「秋の景色ももののさびしくていいものだが、冬はもっといい。すべてが閉じ込められて敬《けい》虔《けん》でさえある。……きみの心に寄り添う景色だろう」

「傷ついた男の心にですか」

ハリスは軽く肩をすくめて言い返した。苛立ちは感じず、惑いもない。傷ついていることは確かで、その傷をどうにか癒やそうとあがいていることも事実だ。

キアランがかすかに笑った。

彼にとっては、春を目指してハリスを立ち直らせることだけに意味がある。もしかしたら、領地で好き勝手をさせないための策なのかもしれない。

「きみの、だよ。ハリス」

キアランが無表情に言った。

窓に向かうふたりの視線は、遠くの立木へ注がれる。曇天は低く垂れ込め、ものさびしい雰囲気があたり一帯を包んでいた。風が吹くと黒いシルエットになった枝が揺れて、雪を呼び込む踊りのようにも見える。

キアランの片手が、ふいにハリスの肩へ回った。さりげない親愛の情を滲ませて肩が掴まれる。

「冬が来て、すべて隠れて、また春が来るとき……。きみは、きっと『新しいきみ』だ」

言葉を聞きながら、ハリスは裸木を見つめ、くちびるを引き結ぶ。

それはつまり、元へは戻れないということだ。

ずっと追い求めていた自分の姿を、この瞬間に見失った気がした。幻は北風にさらわれ、手の届かないところへと舞い上げられる。

肩から手が離れ、キアランがテーブルへ戻っていく。

ハリスはしばらく動けず、外を眺め続けた。

元には戻らない。

その事実は、同時に、かつての苦痛を受け入れる必要がないことも意味している。エドワーズ王太子との関係もはじめからやり直すことになるだろう。

今度こそ、良好な関係を築くのだと決意を新たにしたが、心はついてこなかった。釈然としない思いを抱え、自分の胸に手を当てる。

ハリスの心臓はゆっくりと脈を打っていた。

まだ、苦痛を手放し始めたところだ。

枯れ葉は枝から離れて地面に重なり、これから雪に覆い隠される。そのとき、さらに先について、もう一度考えてみようと思う。急いだところで、道を誤るだけだ。

ハリスがテーブルへ戻ると、イブリンがクッキーを持ってきて、キアランからチェスに誘われる。時間つぶしにはちょうどいいと始め、時間はゆっくりと過ぎた。

ダネルは外に出たままで、イブリンがわざわざクッキーを運んでいく。

「相棒がいなくて困ることはないが、こうしてチェスをしていると考えてみたくなるよ」

駒を動かしたキアランが言い、ハリスは小さく笑った。

「よほど聡明な相手を選ばなければいけませんね」

「妻にする相手の話ではない。パートナーのことだ」

「ご結婚を考えたことは?」

ハリスが駒を進めると、キアランの眉がかすかに動いた。質問が不満なのか、それとも、次の手に困っているのか。その表情からは読み取れない。

しかし、答えと共に駒を動かした。

「私が好ましく思うほど、聡明な相手がいないんだ。私は、人から思われる以上に偏屈だからな。相手はじゃじゃ馬がいい」

「……あなたは冷たいようでいて、世話焼きですからね」

「知ったようなことを言うんだな」

声色にからかわれ、ハリスは顔を上げた。

「知っています」

ふっと息を吐き出し、眉を跳ねて言い返すと、キアランは両肩をすくめてそっぽを向いた。端正な横顔に笑みが浮かんでいるように見えて、ハリスは思わず席を立って覗き込みたくなる。

けれど、そのまま時間が過ぎた。

チェスの勝敗はつけずに外へ出ると、白い犬を従えたダネルが駆けてくる。

「叔父様、ハリスさん。この子、とってもかわいいんです！」

そう言って、両腕に余るほどの仔犬を抱き上げる。

「……行き先の決まっている仔犬だろう」

キアランの声が沈み、ダネルはびくっと肩をすくめた。

「仔犬をもらいに来たわけではない」

「キアラン、そんな言い方は」

ハリスがあいだに入ると、ダネルは肩をすくめたままで仔犬を抱き直す。喜んだ仔犬がぺろっと頬を舐めた。

「……叔父様」

ダネルはもの言いたげな声を震わせ、そのままうつむいて仔犬を足元へおろした。

「また来るね」

しゃがんで頭を撫でると、別れを察した仔犬がくぅんくぅんと悲しげに鳴く。ダネルの目にも大粒の涙が浮かんだ。

「犬は、子どものよいパートナーになりますよ」

ハリスは思わず声を発した。キアランが勢いよく振り向き、鋭く睨みつけてくる。しかし、ハリスは引かなかった。余計なことだとは思わなかったからだ。

「ダネルには兄弟もいない。これほど懐いているのなら……」

「犬の命は、この子よりも短い」

ハリスの言葉を遮り、キアランが言う。表情のない顔は冷酷で、ダネルはいっそうぽろぽろと涙をこぼす。

「ダネルよりも先に逝《ゆ》くとわかっているものをそばに置くつもりはない。帰るぞ」

冷たく言い放ったキアランはその場を離れた。農場主に別れの挨拶をしに行く。

ダネルはほったらかしだ。言葉をかけるでもなく、肩のひとつも叩かない。その冷たさに、ハリスは憤りを感じた。

「ダネル。時間をかけて説得すれば……」

そばへ近づくと、ダネルはすくりと立ち上がった。

「いいんです。ぼくのわがままです」

手袋をはずした手で涙を拭い、鼻をすすって笑顔を見せる。くしゃくしゃになった泣き笑いに、ハリスの心は痛んだ。

それでも、キアランの背中とダネルの顔を見比べれば、どちらも互いを想い合っているのだとわかってしまう。ダネルの成長のために冷酷でいようとするキアランと、そんな叔父を知っていて強がる子どもは、つかず離れず寄り添い、支え合っているのだ。

そうして歩んできたふたりのこれまでが胸に迫り、ハリスは口を閉ざした。

キアランの冷たさへの憤りも感じなくなる。不器用な愛情だが、それがキアランの選んだ距離感であり、ダネルをこれほどまでに利口な子どもへ成長させたのだ。

ほかの大人から無理をしているように見えることがあったとしても、ダネルはすでに自分の考えで道を選び、方法を決めて進んでいる。

「ダネル。いつまでも泣いているんじゃない」

ミラーが連れてきた馬に乗り、キアランが片手を差し伸べた。

「こっちへおいで。行きも帰りもでは、ハリスの馬が疲れてしまう」

戸惑うダネルはミラーに抱き上げられ、キアランの前に乗せられた。

「今日はこれで我慢しなさい」

キアランの片手が腰に回り、ダネルは目を白黒させてうなずいた。すぐに涙が晴れ、こくこくと素直にうなずく。

キアランの馬に乗せてもらうことはめったにないのだろう。嬉しそうに頬を染め、腰に回ったキアランの外套に手を添える。

そこへイブリンが仔犬を抱いて近づいた。

ダネルは手袋をはずし、犬に何度も手を舐めさせ、毛並みをわしゃわしゃと撫でる。

「また来るよ。……人へやってしまうときは教えてくださいね」

「ええ、もちろんです。気をつけてお帰りください」

イブリンが下がり、キアランの馬が歩き出す。ハリスはそのあとに続いた。

帰り道の途中で、雪がはらはらと降り始める。小さな雪片《せっぺん》は、外套や地面に落ち、しばらくして溶けた。

アイリーンが足を止め、丘陵にひらめく雪を眺めるように顔を向ける。

王都にも雪は降る。しかし、たいして積もることはない。

キアランたちから遅れても、ハリスはアイリーンを急がせなかった。

ひとりと一頭で景色を眺め、金色に輝いていた秋が過ぎ、やがてすべてが白く染まっていくのだと、冬の到来を想う。

ここでひと冬を越していく。

その感慨に浸り、ハリスは心の中を空っぽにした。

＊＊＊

仔犬を見に行った日の初雪は、そのまま降り続け、あたり一面を白く染めた。しかし、数日のうちに溶けて消え、そのころにまた雪が降り、やがて溶けることなく根雪へ変わる。

ツエサルは白い世界になった。

「ハリスさん、雪玉遊びをしましょう」

手袋と外套を身につけたダネルから誘われる。ローズがぐるぐる巻きにした襟巻きに、小さなあご先が埋もれていた。

ハリスは誘いに応じたが、内心では子どもの遊びだと軽くみる。

王都でも数年に一度は積雪があり、そんなときは子どもたちが作った雪玉の人形が路地に並ぶ。ハリスも幼いときに何回か作ったことがあった。

ダネルと裏庭に出て、小さな雪玉を作り、積もった雪の上に転がして大きくしていく。子ども時代を思い出す遊びに苦笑いしていたのは、初めのうちだけだった。いつの間にか、ハリスのほうが夢中になって雪玉を転がしている。

土台のひとつ目は転がすことが困難になるまで大きくして、それに乗せるための雪玉を新たに作る。

「重ねられるでしょうか」

ダネルが心配そうに眉をひそめたのは、雪玉が見た目以上に重たいからだ。

「がんばってみるよ、ダネルも手伝ってくれるかい」

ハリスは意気込んでしゃがみ、かけ声とともに雪玉を持ち上げる。ダネルも手を伸ばした。ふたりはよろめきながら、土台の上へ雪玉を積む。

安定させるため、ダネルが大急ぎで頭と胴体のあいだに雪をつめていく。

「あぁ、なんとかなった」

腰に両手を当てて、ハリスは満面の笑みであごをそらした。額にはうっすらと汗が滲み、頬に金色の後れ毛がまとわりつく。

曇り続きの空は今日も鈍色《にびいろ》で、息をするようにハラハラと雪が舞う。

「顔になりそうな枝を探さなくちゃいけませんね」

ダネルが飛び跳ね、あたりを巡る。雪をかぶった低木へ近づき、枯れ枝を数本拝借して戻ってきた。それは細く貧相で、どんなに頭をひねってみても、滑稽な顔になってしまう。

ふたりは声を上げて笑った。ダネルがよろけてハリスの腰にぶつかり、小さく息を呑んだ。謝罪を口にするとわかったハリスは、先回りして肩を抱き寄せる。腰にしがみついたダネルはハリスの外套に頬を埋めながら雪玉の人形を見上げて笑う。

ころころと甲高い少年の笑い声は陽気で心地よく、ハリスは大きく息を吸い込んだ。しんと冷たい冬の空気が、喉を通って胸へ広がる。

「ずいぶんと大きな人形を作ったな」

どこからともなく声がして、外套を羽織り、鼻眼鏡をかけたキアランが現れる。シルバートレイを手にした従僕を伴っていた。

トレイの上に乗っているのは、湯気の立ったマグカップだ。

「はい、力作です」

ハリスから身体を離し、姿勢を正したダネルが答える。

「でも、顔がうまく作れないのです」

「ローズに頼んで、厨房から野菜を分けてもらいなさい。少しはましな出来になるだろう。それから……ホットチョコレートだ」

キアランが示すと、従僕が前へ出てくる。ハリスはまず、ダネルの分だと言われた小さめのマグカップを手渡し、しっかり持っているのを確認してから、もうひとつを手にした。

手袋をしているので、熱さは感じない。

しかし、顔を近づけると温かな湯気が触れる。甘い香りが鼻先をくすぐり、口にするとため息が出るほどにおいしい。

ダネルはふぅふぅと何度も息を吹きかけ、恐るおそる口にする。真剣な顔つきが幸せそうな笑顔に変わり、眺めるハリスもつられて笑う。

キアランだけが、いつも通りだ。満足げにダネルを見つめたが、微笑むこともない。

「あなたも一緒にどうですか。あと、大きいのを一体と小さいのを一体、作ります」

ハリスが声をかけると、キアランは肩をすくめてあとずさった。

「遠慮するよ。そんな面倒なことはしたくない」

「では、叔父様。完成しましたら、お知らせにまいります」

そっけない言葉を気にもかけず、屈託のない声でダネルが言った。その純真さに、従僕が笑みを浮かべ、ふたりのマグカップを回収する。

キアランは腰の後ろへ手を回し、にこりともせずにうなずく。

「そうしてくれ。私は書斎で書き物をしている」

答えるなり背中を向け、その場を離れていく。

ハリスはふいに足元の雪を掴んだ。ぎゅっと丸めて、外套の肩を目がけて投げつける。

ダネルが目を丸くして飛び上がり、肩に違和感を覚えたキアランも振り返る。

雪玉がぶつかった跡を見つけて、ため息混じりに目を細めた。

「たまには息抜きをなさってはいかがです」

ハリスはなに食わぬ顔をして声をかけた。応戦してくれることを期待したが、やはりキアランはそっけない。

「考えておこう」

冷たい一瞥だけが残され、目を丸くしたままの従僕が慌ててキアランを追いかける。

背中を見送ったダネルが、ふぅっと息を吐きながら肩を落とした。

「びっくりしました」

「わたしもだ。どうしてだろうか。投げつけてやりたくなったんだ」

「……ハリスさんは、いたずらが好きですね」

ダネルがくすくすと笑い出す。ハリスは背を伸ばし、わざとらしく悠然とした仕草で答えた。

「真似をしないように。キアランから本気で怒られるのは避けたい。まるで氷のようだろう。怒られたら、カチコチに凍りついてしまう」

「でも、叔父様は氷を溶かすのも上手です。ホットチョコレート、おいしかったですね」

「本当に！　わたしのマグカップには少しアルコールが入っていた。おいしかったよ」

ハリスが話し終わる前に、ダネルの表情が曇った。急に疲れがきたのかと心配したが、そうでないことはすぐにわかった。

ここ何日もこうなのだ。気がつけば遠くを見つめ、ため息混じりに首を振っては足元を見る。白い仔犬のことを考えているのだ。

「ダネル、明日は馬に乗ろうか。農場へ行こう」

ハリスが言うと、落ち込んでいたダネルの表情がパッと明るくなる。

「奥さんの焼くクッキーが食べたいんだ。つき合ってくれるね」

「はい！　ご一緒します！」

直立の姿勢で答える声はあどけなく、いますぐ仔犬を連れてきてやりたいぐらいにいじらしい。しかし、キアランが許さなければできないことだ。

「じゃあ、次の雪人形を作ろうか。今度は少し小さくしよう。調子に乗りすぎたよ」

ハリスとダネルは顔を見合わせて笑い、小さな雪玉から作り始める。

空から降ってくる雪のかけらはさきほどよりも大きくなり、ふたりは白い息を吐きながらせっせと人形作りに勤しんだ。


翌日は運よく雪がやみ、仔犬と再会できたダネルはやはり別れ際に少し泣いた。

普段、わがままを言わないダネルだけに、ぐっと我慢している姿がせつない。

ミラー夫妻は、自分たちの手元に仔犬を残そうかと考えていたが、キアランの不興を買うのではないかとハリスへ相談してきた。

それとなく尋ねてみますと言ったものの、キアランの返事は決まっていた。取りつく島もなく、冷たい目をして首を左右に振る。

それどころか、面倒話を持ち込んでくるハリスに落胆したようだった。

影響は、夜におこなわれるプレイに現れる。コマンドを出され、応え、ケアを受けたが、一通りの決まりごとをなぞったに過ぎない。

どちらもあまり乗り気にならず、最後のキスもしないで就寝の挨拶を交わした。

先に書斎を出たハリスはため息をこぼす。

これまでのプレイが、どれほどキアランの気づかいで進められていたかを実感する。彼の気持ちが入らなければ、コマンドは単なる命令でしかなく、応えるハリスはひたすらに味気ない。リワードはさらにしらじらしく、それがケアと呼べるかどうかも怪しかった。

心に響くものがなく、エドワーズとのプレイと変わらないと思えたぐらいだ。

そう感じている自分の胸に手を押し当て、階段の途中で足を止めた。

長いあいだ、エドワーズが好むプレイを受け入れ、それがＤｏｍ／Ｓｕｂの絆を深める行為なのだと信じてきたが、果たしてそうだったのかと疑問に思う。

もしそうだとしたら、サブドロップに陥るようなことになるだろうか。

なぜ、エドワーズは行為を止めてくれなかったのだろうか。

深い穴へ落ちていくような恐怖を思い出し、胸に押し当てた手で拳を握る。

吸い込んだ息は思うより短くなり、吐く息も浅くなった。このままでは苦痛がよみがえり、発作が起こる。

呼吸の仕方さえ忘れたような息苦しさを思い出しただけで、ハリスの額にはびっしりと汗が浮かんだ。

「あぁ、ハリス様。こちらにいらっしゃったんですね」

反対側の階段からローズの声がした。

「まぁ、ずいぶんな汗」

ハリスの前に立つと、驚いた声をひそめ、きれいに畳んだハンカチを取り出した。ハリスは微笑んで礼を述べた。ローズのハンカチは受け取らず、自分のハンカチで額を拭う。

「汗が冷えると体調が崩れますから、お気をつけください」

ローズは心配そうに眉尻を下げる。王都から来たハリスは雪国の寒さに慣れていないのだ。空気が冷える朝は、暖かな布団から這い出すことにさえ苦労している。

「ええ、ありがとう。気をつけます。それで、用件は？」

「そうでした。ダネル坊ちゃんの様子が気になるので、ハリス様にはお伝えしておきたくて」

「キアランには……」

「白い仔犬の件なのです」

ローズが声をひそめ、ハリスはわかったと首を縦に振る。

「仔犬の話をして眠るのは、このごろの日課なのですが……。今夜は、外に仔犬が見えるとおっしゃって」

「外に？」

「坊ちゃんが指差した先を追っても、わたしにはなにも見えないんです。なんだか、こわくなってしまって」

「……そうか。話してくれて、どうもありがとう。明日、キアランにも話しておく」

機嫌が悪くなるだろうことは容易に想像できる。

しかし、ダネルの幼い心のほうが大事だ。幻を見ているのだとしたら、このままにはしておけない。

ローズと別れて部屋へ戻り、ハリスは寝支度を整えた。

寝間着に着替えて寝台へ入り、枕元の明かりで本を読む。昼でも夜でも、広い屋敷は静まり返っている。秋は、昼に小鳥がさえずり、夜に木枯らしが吹いて窓を叩いた。

冬は、ただ雪がしんしんと降るばかりで、周囲の環境音が吸い込まれたかのように消えてしまう。

ハリスは静けさの中で、本を閉じた。

味気なかったプレイが胸を締めつけてくる。

どれほどキアランのケアに助けられてきたのか。こうなって初めて思い知らされた。

しらじらしいなどと嫌味を言ったこともあったが、傷ついたハリスの心にしっかり届くように、あえて派手な言葉を選んでくれていたのだ。

そう思うと、急に顔が見たくなった。謝って、礼を言いたい。そんな衝動に駆られる。

ハリスは寝台の中で迷い、うつむいた。

静かな部屋にため息の音だけが広がる。こんな夜更けに訪ねては迷惑だろうと、ごく当然の答えに行きつく。

そのとき、部屋の扉を叩く音が響いた。

扉の向こうからキアランの声がして、ハリスは飛び上がらんばかりに驚く。

せわしないノック音が続き、ハリスはただならぬ気配を感じ取った。慌てて寝台を降り、ガウンを引き寄せる。袖を通しながら、扉を開けた。

「ダネルが、お邪魔していないだろうか」

思わぬことを言われ、ハリスは眉根を引き絞る。

キアランも寝間着にガウン姿だ。鼻眼鏡はなく、髪も下ろしている。

その表情にはいつもの冷静さがなかった。

「いえ、わたしのところには……。キアラン」

引き止めようとしたハリスの腕をすり抜け、キアランが部屋へ入ってくる。ハリスが匿《かくま》っていると思っているのだ。

寝台や鏡の裏、クローゼットまで確認して息をついた。

「ダネルがどうしたんですか」

「部屋から抜け出して行方不明《ゆくえふめい》だ。使用人たちが屋敷中を捜索しているが……。外套がなくなっている。おそらく外へ出た」

「この雪の中ですか？」

ハリスが強い口調で問いかけると、キアランは真剣な表情で背筋を伸ばした。

「そうだ。……ミラーのところへは人を送った。おそらく、あの犬が」

「キアラン、落ち着いてください。なにを怒っているんですか。犬が誘い出したわけでも……」

途中まで言って、ハリスは口ごもった。なにか知っていると察したキアランに詰め寄られ、慌てて両手で押し返した。その手首を強く摑まれる。

「なにか知っているのか」

キアランの瞳は冷ややかで、憤りを隠しているかのように見えた。しかし、そうではないとハリスにはわかる。

瞳の奥で燃えているのは、不安と恐怖だ。あの幼くいじらしいダネルを失ってしまうかもしれないことに、キアランの心は引き裂かれそうになっている。

「ローズとはお会いになりましたか」

「もちろんだ。いなくなったことに気づいたのは、彼女だ」

「では、雪の中に見えた、犬の話は」

「毎晩のように仔犬の話をしていると聞いたが……。おそらく、夢遊病にでもなったに違いない。風が吹けば、視界はすぐに悪くなる。あの子の足跡も、消えてしまう」

キアランはまだハリスの両腕を掴んだままでいた。

指の力は強くなる一方で、ハリスも痛みを感じ始める。しかし、振りほどく気にはならなかった。一歩踏み出し、キアランの胸へ向かって腕を押し出す。

「農場からの知らせを待ちましょう」

だいじょうぶだと声をかけることはできなかった。それはあまりに残酷な気休めだ。

「着替えて居間へ行きます。あなたも外へ出る支度をしておいてください。キアラン」

指の力がするりと抜けていき、ハリスはとっさに彼の手首を両手で支えた。自分がされていたように両手を拘束する。

顔を覗き込んだハリスは息を呑む。逞《たくま》しい美貌には表情がない。

「……そうだ。捜索隊を出す準備がいる」

口調こそしっかりしていたが、キアランの瞳は空虚だった。ゆらりと焦点がぶれて、いつにもまして冷たく冴えていく。

手を振りほどかれたハリスは言葉にならない不安を感じ、彼の肩を摑んだ。

「自分を責めているんですか」

肩を引くと、ハリスを振り向いたキアランが眉をひそめた。気難しそうな表情が浮かび、隠しきれない不安が現れては消えていく。

「キアラン。……あなたは自分を律しすぎている。あの子をもっと信用して、もっと感情を出すべきだ」

「いま、しなければならない話か」

「いまだから、言わせていただきます。ダネルはあなたのことを愛しています。だからこそ、早く自立しようと懸命だ。でも、あなたはダネルに厳しくすることで……、彼よりも自分の心を守っているように見える。あの子の成長に必要なのは、肉親の微笑みでしょう。それはあなただ。あなたしかいないのに」

「余計なことを言うな」

「つまり図星ですね」

ハリスは間合いを詰め、両腕を摑んで見つめた。そらされそうになる視線を追いかけ、両手で頬を包む。

「キアラン」

名前を呼ぶと、苦痛をこらえるように顔が歪む。

それが心のままの表情だ。いま、彼は傷つき、苦しみ、不安と戦っている。

「きみも、ここから消える人間だ。口を慎んでくれ」

瞬時に表情を消したキアランがあとずさり、ふたりは離れた。

引き止める言葉が見つけられなかったハリスを残し、キアランが部屋を出ていく。

くちびるを噛みながらキアランの鬱屈を想い、行方の知れないダネルの無事を願う。

厚いセーターを選んで着替え、ウールのジャケットを羽織る。足元は編み上げのブーツだ。

外套と手袋、そして襟巻きも忘れずに持った。

居間でキアランと落ち合うために部屋を出ようとして、ハリスは自分の言葉の無責任さに気づいた。ふいに、あまりに突然に、思い至る。

「あぁ……」

名前を呼んだとき、キアランが苦痛をこらえた表情になったのは、彼がハリスの言葉に傷ついたからだ。確かに、図星を突いた。

彼がダネルに厳しく接するのは、互いに依存状態を作らないためだ。キアランはＤｏｍだ。相手がＳｕｂでなくても、本能的な庇護欲求がある。ダネルが祖父母に育ててもらえないとわかったとき、キアランが大人のＳｕｂとパートナー関係を結んでいれば問題はなかったのだ。

しかし、キアランは独り身でパートナーを持たない。そんな彼が全身全霊の庇護を傾けたら、未分化な子どもはすっかり取り込まれ、自立など考えないようになってしまう。ダネルがキアランの後追いをして泣くようになったという話も、額面通りに受け取っては意味を取り違えてしまう。

扉のハンドルに指先を乗せたまま、ハリスはその場を動けなかった。

だれがかわいそうなのか、すぐにはわからずに混乱する。

けれど少し落ち着けば理解は容易だ。かわいそうなのは、叔父に冷たくあしらわれるダネルではない。彼はキアランの愛情を知っていた。

「それなら……」

ハリスは喘《あえ》ぐように息を吸い込んだ。

キアランの傷ついた表情に胸が痛み、いたたまれなさが溢れる。それと同時に、彼に意見できる立場にあると思い込んでいる自分自身に気づく。

謝ろうと決めて部屋を出る。廊下を進んで階段を下りて居間へ向かう。

開いたままの扉から中へ入り、キアランの姿を認めたとき、ハリスは急に胸がいっぱいになった。

彼はすでに外套を着込み、襟巻きもしっかりと巻いている。長い髪はひとつに結ばれ、眼鏡をはずした顔立ちは精悍《せいかん》かつ涼しげだ。

その張り詰めたような冷たさはすべて、ダネルや領土に対する責任感から来ている。

自己を律しているのではなく、捨てているのだと、ハリスは気づいてしまった。

だからこそ、ふたりきりの部屋でリワードを口にするときのキアランが本当の彼だとわかる。エドワーズ王太子がそうであったように、Ｄｏｍもまた、Ｓｕｂを前にして本性を偽ることなどできない。

「キアラン」

名前を呼ぶと、彼は静かに振り向いた。

二か月余り、ふたりは濃厚な時間を過ごしてきた。たわいもないやり取りだと思ってきたが、そのどれもが誠実で優しいプレイだったのだ。

キアランがコマンドを出し、ハリスが応える。リワードを与えられてハリスが充足感を得るとき、キアランもまた淡い満足感を得ていたに違いない。

だからこそ、彼は傷ついた表情をハリスにさらしたのだ。きっと本人も無自覚だろう。

名前を呼んだハリスが話し出さずにいると、キアランが先に口を開いた。

「ハリス。さきほどは悪かった。……きみに言われたことを……」

「いいえ、わたしの悪い癖です」

ハリスは慌てることなく、キアランの言葉を遮った。

「正論であれば口にしていいと思ってしまう。申し訳ありません」

「いや……」

「偽善者だと嫌味のひとつでも言ってください」

「……エドワーズには、そう言われたのか」

近づいてきたキアランの指が伸び、顔まわりに落ちた金色の髪へ触れる。

遠くを見つめる瞳になったハリスは、視線をゆっくりと巡らせた。ずっと思い出さずにいたい記憶がよみがえる。

確かに、そう言って罵られた。Ｓｕｂであれば、Ｄｏｍの望みに応えて、すべてを投げ出すのが当然だと言いながら、王太子という立場を利用して彼はハリスを凌辱《りょうじょく》しようとしたのだ。

「わたしの忠誠は中身がないと……」

「忠誠で身体を繋いでも、それこそが中身のない愛情だ。あの男はまだ幼いんだろう。王都育ちはそんなものだ」

「あなたも十代半ばまでは王都にいらしたんでしょう」

「だから、この有様だ。兄夫婦に守られて、少しは改善したと思った矢先に彼らを失った。父と母はダネルを見るのも悲しいと言って、この屋敷を出た。だれもが我が子の代わりに孫を愛せるわけじゃない」

「わたしは、あなたと話すと、トゲのあることしか言えなくなるようです」

「いままでが品行方正すぎたんだ」

キアランは皮肉げに笑い、肩の力を抜いた。両腕を伸ばし、外套を抱えているハリスの身体へ腕を回してくる。

そっと抱き寄せられたが、キアランが抱きついてくるようでもあった。

「あの子は利口な子だ。理由もなく姿を消すようなことはしない。きっと、なにか理由が……」

「ええ、キアラン……。そう思います」

ハリスも片手を彼の背中に回し、友情を示した。分厚い外套の肩へ頬を押し当てる。ふたりは引き合うように視線を絡ませ、タイミングを見計らってまつげを伏せた。

くちびるに互いの息を感じ、次の瞬間にはなにごともなかったかのように離れた。

居間の外からせわしない足音が近づいてきたからだ。

声がかかり、使用人たちが入ってくる。

「農場へ出かけていた使いが戻りました。ダネル様はいらっしゃいません。ただ、仔犬が逃げているとのことで」

「仔犬も？」

キアランが厳しい声色で答え、使用人たちは震え上がる。外套に袖を通したハリスは、ボタンを留めながら彼らに近づいた。

「ほかには、なにか?」

「仔犬はよく逃げ出していたそうです」

ハリスの登場に、若い使用人はあからさまなほどホッとする。

「捜索隊を出そう」

キアランが執事を呼び寄せる。ローズがソファに置いていた襟巻きを手にしてハリスのそばに立った。

「きっと、仔犬が会いに来たんです」

「わたしもそう思う。ダネルのことだから、仔犬を隠す場所を探しているのでは?」

「そうです。きっと、そうです。捜索隊なんて出してしまったら、戻るに戻られなくなるかもしれません。そのあいだに吹雪《ふぶき》でも起ころうものなら……凍死してしまいます」

「めったなことを言うものじゃない。犬を見つけたときは月が出ていたんだろう。屋敷には戻れず、どこか別の場所に……」

そこまで口にして、ハリスは動きを止めた。ふと宙を見つめる。

ローズは心配そうに胸の前で手を組み、豊満な身体を左右に揺らした。

ハリスは記憶をたどる。ほんのかすかに引っかかっているのは、小さなヒントだ。ダネルが悲しいとき、ひとりで籠もると話していた。あれも小屋だったはずだ。

「ローズ。ダネルは明かりを持って出たのでは？」

「え？」

答えを待たず、執事と話し込んでいるキアランを呼ぶ。

「捜索隊は待ってください。おおごとになれば、あの子は気に病む。……ダネルの隠れ家がこの近くにあるはずです。キアラン、あなたはご存じないですか。あの子がこっそりと泣くための、ここからそう遠くはない小屋です」

「……小屋」

キアランの手がすっと持ち上がり、眉が涼しげに跳ねる。しばらく考え込んだが、すぐに瞳をひらめかせた。

「こんな夜に子どもが行けるところでは」

「明かりを持って出たのでしょう」

「なるほど。……捜索隊を出すのはしばらく待とう。みんな、待機していてくれ。風呂の用意も頼む」

キアランが指示を飛ばし、使用人たちが居間を出ていく。ローズから手袋を受け取り、ハリスは微笑みを返した。

「キアランがあの子を叱らないように、わたしが同行します。心配には及びません。ホットチョコレートも用意しておいてください」

「えぇ、わかりました。どうぞ、よろしくお願いします」

祈るように指を組み合わせたローズとうなずき合い、ハリスは執事から明かりを受け取っているキアランへ近づいた。

「ご一緒します」

「うん」

キアランがあごを引き、ふたりで連れ立って屋敷を出た。

新しい雪は静かに舞い落ちている。雪かきが追いつかない道には新たな雪が積もる。

キアランの歩調は速い。雪道に慣れないハリスは、あっという間に置いて行かれてしまう。無理をすれば転びそうだ。

「そうか。きみは、今年が初めてだった」

戻ってきたキアランの手に引っ張られ、彼の腕に摑まるように促される。素直に腕を組んだが、まるでしがみついているような格好だ。それでも格段に歩きやすくなった。

「もう何年も過ごしているような気がしていた。だから、きみに図星を突かれると困る。ことごとく、はずれないからな」

キアランの掲げるランプが照らす道は、どこもかしこも真っ白だ。しかも夜の闇に包まれ、昼間なら少しはわかる植栽の陰も定かでない。

ハリスひとりでは、確実に遭難の二次災害だ。

「あの小屋だ」

十分ほど歩いたところでキアランが言う。

雪の上をランプで照らすと、小さな長靴の跡が続いていた。その先に、小屋が見える。

キアランが先を歩き、小屋の戸を開けた。中は真っ暗だ。

「ダネル！」

叫んだ声が鋭く響き、ハリスはヒヤヒヤしてキアランへ飛びついた。心配しすぎた彼の声はいつも以上に冷たく硬い。

「そんな、怒ったみたいな声で……」

たしなめながら、暗闇を覗いた。

「ダネル？　ダネル……、いるんだろう？　みんな心配しているよ」

ランプの明かりが小屋の中を照らす。あちらこちらに庭を手入れするための道具が片づけられている。立てかけられた箒《ほうき》に積み重なった木箱。風がない分だけ、小屋の中は外よりも暖かく感じられる。それでも長くいれば凍えてしまうだろう。

くぅん、と犬の鳴き声がして、キアランが木箱の陰をランプで照らした。

「ダネル……ッ」

キアランが声を上げ、ハリスはとっさにランプを受け取る。

駆け寄ったキアランに抱き上げられたひとりと一匹は、外套にくるまってガタガタと震えていた。もう声も出せないほどに凍えているのだ。

「ハリス、きみはゆっくり追ってきてくれ。すまない」

そう言うなり、キアランは雪の上を駆け出した。いつ転んでもおかしくないような速さだったが、引き止めることなどできるはずもない。

抑えた声色に滲んでいた安堵がハリスの胸のうちにも広がって、知らず知らずに涙がこぼれ落ちた。ダネルが見つかった安心感だ。

そして、キアランが悲しまずに済んだ喜びでもある。

ハリスは来た道をゆっくりと戻った。大きな雪片が空から舞い落ちて、髪や肩や腕に積もる。ランプの明かりはふわりふわりと柔らかい雪を闇に浮かび上がらせ、狼《おおかみ》の遠吠《とおぼ》えが遥か丘陵にこだました。

初めて見るツエサルの冬だ。きっと、忘れられない記憶になる。

そう思う心が揺れて、ハリスは泣き笑いで頬を拭った。

ダネルと仔犬をそれぞれ温かい風呂へ入れているあいだに、キアランは農場へ知らせを送る。

ひとりと一匹が無事に見つかったこと。それから、白い仔犬はこのままツエサル・フィールドで育てたいとつけ加えた。

喜ばしい知らせはダネルにも伝わる。外出着から室内着へ着替えたキアランとハリスが様子を見にいくと、感情を爆発させたような満面の笑みに出迎えられた。

少しは叱るつもりでいたのだろうキアランは、勢いに押されて肩をすくめてしまう。

ローズがベッドの端に仔犬用のスペースを作り、肌触りのよさそうな毛布を折りたたんで置いた。ハリスが仔犬を抱き上げ、ベッドへ下ろす。

すると、キアランが当然のようにダネルを抱き上げ、ベッドへ下ろした。

ローズがくすくす笑い、呆然としたダネルはすぐに照れ笑いを浮かべ、キアランの首に一度だけ、ぎゅっとしがみついた。すぐに離れ、ベッドへもぐり込む。

隣で丸くなっている仔犬を撫でて、明日には名前を付けてあげるねとささやきながら、大きなあくびをする。

目を閉じたかと思うと、もう寝息が聞こえてきた。ハリスとローズは顔を見合わせて笑いをこらえる。

すでにキアランの姿は部屋になかったが、廊下へ出た先でハリスを待っていた。

「居間で、酒を飲もう」

誘われてうなずき、ふたりで階段を下りる。

暖炉ではあかあかとした火が燃え、ワゴンでそれぞれに酒を注ぐ。

グラスを片手にソファへ座ると、ふたり同時のため息が転がり出た。安堵の息だ。心配した分だけ疲労が大きく、それでいて無事でいてくれた喜びが引かない。

しばらくはどちらも黙っていた。

薪の爆《は》ぜる音に耳を傾け、グラスに少しだけ注いだウイスキーを舐めるように愉しむ。

そして、キアランが口を開いた。

「犬の寿命は極端に短いわけじゃない。許してやるべきだった」

「あの仔犬が成長するころ、ダネルは今以上に分別がついているはずですから。それに、一緒にいる時間が素晴らしいものなら、別れも受け入れられるはずです」

「……あの子に頼っているのは、私のほうだ」

キアランは、グラスを揺らしてうつむく。

「世話することで心の安らぎを得て……。兄夫婦を失った悲しみも、そうして乗り越えたようなものだ」

「悪いことではありません」

「でも、厳しすぎると言っただろう」

「あなたはパートナーを持つべきなのかもしれません。ダネルのことも愛してくれる、心優しい女性Ｓｕｂを探せば……」

視線を感じ、ハリスは言葉を途切れさせた。じっと見つめてくるキアランの瞳に、理由を求める自分自身を感じる。

なにかを言ってほしくて、しかし、不都合なことはなにひとつ口にしてほしくない。うつむき、ウイスキーを飲む。喉が熱くなり、強いアルコールが胃へと落ちていく。心地のいい酔いが身体に回り、ハリスは自分からキアランを見た。

視線を待っていたように、キアランが言う。

「いまはきみがいる。きみが去るまで、私のパートナーはひとりきりだ」

「あなたは根が真面目すぎるんですね。不器用な人だ」

「器用だよ」

足を組んだキアランは、ぎこちない微笑みを浮かべた。片頬が引き上がり、どこかなまめかしく見える。ハリスが初めて見る表情だ。

「ハリス、こっちへ来てくれ」

コマンドを使わずに呼ばれ、ハリスはグラスを置いて立ち上がった。キアランにほど近い定位置で止まる。暖炉に向けたローブの背中が温かい。

「きみには感謝している。ダネルとのあいだに入ってくれることで、どれほど助かっているか……。なによりも、私が……」

「いいんです」

ハリスは口早に言った。キアランを見下ろしていると、落ち着かないのだ。

「『Ｋｎｅｅｌ』」

コマンドを出され、ハリスはホッとしながら両膝をつく。そのままぺたんと腰を下ろした。バスローブの裾が乱れたが、かまわない。

「『Ｇｏｏｄ』。ニールの体勢が上手になった。きみはそうしていると魅惑的だ」

ソファの肘かけにもたれたキアランの指先が伸びて、ハリスのあご下を支える。

肌の温かさを感じた瞬間、ぞくっと身体が震えた。うつむいたハリスはまつげを震わせてくちびるを閉じる。

甘い吐息を呑み込むと、胃の奥深くから、じわりじわりと柔らかな感情が溢れてきた。

「きみが回復しなければと思うことがある……。ひどい男だろう」

キアランの指がひらめいて、あごのラインをかすめ、耳たぶへ触れる。ハリスの白い肌は熱を覚え、金色の髪はローブの肩に流れた。

ハリスは黙って首を傾げ、キアランの指先にもたれかかる。すると、手のひらがぴったりと首筋に添う。

ささやくようにキアランが言った。

「もうすぐ新年だ。年を越せば、春はすぐにやってくる。ツエサルの春は、見るものもない。きみもすぐににぎやかな王都へ戻りたくなるだろう」

「……そんな話は、春が来てからにしてください」

つんとあごをそらし、キアランの手のひらから逃げる。

「ハリス。『Ｃｏｍｅ』」

呼び寄せられ、両手をついて歩み寄る。キアランは自分の膝を叩いた。そこがハリスの定位置だ。ソファに座るキアランの足にぴったりと寄り添い、見た目以上に逞しい膝へ頭を預ける。

もたれかかってもびくともしない頑丈さだ。ハリスを受け止め、キアランはごく当然のように手を動かした。ハリスの美しい月光色の髪を撫で、指先をもぐらせる。

その感触に、ハリスは目を閉じた。うっとりとするような温かさが胸を満たし、幸福の色がまぶたの裏に映るような気がした。

そして、キアランも同じ感情でいることを悟る。

見当違いではないだろう。ふたりのあいだに漂う安心感は本物だ。エドワーズとのプレイでは感じたことがなく、こんな関係があることも知らなかった。

エドワーズとの関係では常に緊張を強いられたのだ。

王都にいたころは、それが嬉しかった。求められ、従い、褒められて、喜んだ。

けれど、それだけだ。言葉と行為の応酬が生み出したものは、それぞれ単独の充足に過ぎない。ハリスはひとりで悦に入り、エドワーズもひとりで性欲を募らせた。

歩調が合ったことは一度もない。

「なにを考えている？」

冷ややかな声が降るように聞こえても、ハリスは身構えたりしなかった。彼の性分はもう知っている。

「『Speak《話して》』」

コマンドを出され、キアランのローブへ頬をすり寄せていく。

「どうやって、王太子との関係を修復するのか。それを考えています」

吐息混じりに答えると、ハリスの髪を撫で続けているキアランが不満げに鼻を鳴らす。

「相手はきみに欲情している男だ」

「……あなたぐらい、禁欲的であれば」

「ハリス」

困ったような声を出して、キアランが手を止めた。物足りなさを感じて顔を向けると、くちびるに指が触れる。

「禁欲的なら、キスのコマンドは使わないだろう」

諭すような口調で言われ、ハリスはまばたきを繰り返す。無垢にも見える視線を返し、言葉の意味をもっと詳しく説明してほしいと訴える。

キアランは肩をすくめ、うなずいた。

「きみは素晴らしい男だ。だからこそ、エドワーズを狂わせてしまったんだろう。関係の修復など、まだ先のことだ。きみの心が本当に回復するまで、余計なことは考えないでいなさい。いいね……」

命令が甘く響き、ハリスはうっとりとした瞳でキアランを見つめた。

「返事をしなさい」

促されて、ハッと息を呑む。こくんとうなずき、背筋を伸ばした。

「わかりました。いまは、あなたのことだけ……考えます」

答えると、キアランの両手に頬を包まれる。鼻先が近づき、そっと肌に当たる。

「いい子だ。きみはなにもかもが素晴らしい。髪も、肌も、瞳も、くちびるも……」

かすめるように焦《じ》らされて、ハリスは拗ねた仕草で肩を引く。そういうやり取りもキアラン相手であれば臆することもなくできる。なにをしても、相手が暴走しないからだ。

安心感を味わいながら、ハリスは同時に飢餓も覚えていた。

あれほど恐れた強引さを、胸の奥が求めてしまう。

「気に食わないなら、ストップをかけて」

キアランの息づかいに追われ、くちびるが触れ合う。ついばまれて逃げると、また追われて、やがてキアランもソファを降りた。ふたりは向かい合って膝をつき、互いのくちびるに近づく。

それがキスだとわかっていたし、繰り返すたびに性的なニュアンスが重なっていくことも知っていた。

ハリスは大胆に身を寄せて、両手をキアランのガウンの内側へもぐらせた。彼の腰へ腕を巻きつけて、胸へもたれかかる。

キアランはしっかりと受け止め、手のひらで包んだハリスの頬を何度も指で確かめた。舌がくちびるを濡らし、ハリスは喘ぐように息をする。

「ん……っ」

伸び上がってしまうような淫靡《いんび》さが身の内を走り、たまらずに首を振った。逃れようとしたが、拒めば終わることに気づき、ふたたび胸を寄せる。

セーフワードを使わなくても、キアランはいつも丁寧にハリスの反応を確かめていた。追ってくる仕草に遠慮はないが、無作法なことはなにひとつしてこない。

ハリスが逃げないと知ると、キアランはもう一度、舌先でハリスを試した。くちびるが濡れて、熱い息がかかる。ハリスは目を閉じ、震えながら、身体の力を抜いた。

くちびるの入り口にひそんだ舌先に、キアランの濡れた舌先が触れる。

「ん……」

官能的な声が漏れ、目眩が起こる。傾いだハリスの身体を受け止めたキアランは、手を首の後ろへ回し、しっかりと支えながらキスを深めた。

舌が絡み、くちびるに吸い出される。

「ん、ん……」

「いい子だ。そのまま、舌を出して。吸ってあげるから」

耳から流れ込んだキアランの声が、脳内をぐるぐる回って、全身へ沁みていく。熱は下半身に集まり、ハリスは戸惑いながら舌を出した。

きゅっと吸われると、腰がたまらずに跳ねる。

「興奮してるのか」

キスを続けるキアランの手が股間に触れてきて、ハリスは身をすくませた。微塵の嫌悪感もないのが不思議なほどだ。

「『Ｓａｙ』。ハリス。どうして、ここが、こんなに熱いんだ」

「……キスが……気持ちいいから……」

そこに手を押し当てられていることが、ハリスを熱く満たしていく。酔うような感覚にたゆたい、熱い息を吐き出した。

「見てみたい」

キアランが言い、ハリスは驚いて目を見開いた。男の身体を見て、なにが楽しいのか。

それでも、コマンドを出されたら、すべてをさらけ出してしまう予感はあった。

息が乱れ、ハリスはじっとキアランを見る。

プレイだから、ＤｏｍのキアランがＳｕｂの信頼を確かめるための手段だった。恥ずかしい行為を求めるのは道理だ。

「……ハリス。嫌なときはどうするの？」

セーフワードを使うように促され、ハリスは片手をキアランのガウンから抜く。股間に触れている彼の手に指を重ねた。

見せたくはない。けれど、手が離れていくのも嫌なのだ。

「いいよ、わかった」

ふっと息を吐き出し、キアランはまたキスを始める。

ハリスの股間に押し当てられた手はおとなしくなり、形を変えていく熱を布越しに包んでいるだけだ。

「きみにも、性欲があることがわかった」

キスの合間にいたずらっぽく言われて、ハリスははにかみを浮かべる。

「……男ですから」

牽制《けんせい》をかけたつもりだった。姿形が女のようでも、服を脱げば引き締まった男の身体が出てくる。

「私もそうだ」

笑うように息を吐き出したキアランの手が動き、ハリスの股間から離れる。それと同時にハリスの手が摑まれた。キアランが膝を進める。

「あ……」

キアランの腰が太ももに触れて、薄いルームウェア越しにごりごりと硬くなったものが感じられた。

「きみを誘惑したつもりが……、私も誘惑されたらしい」

そう言われて、言葉の真意を摑みかねた。問うつもりで視線を向けたが、かわすように顔が近づき、表情が見えないほど深くくちびるが重なっていく。

「ん……」

摑まれた手に、キアランの指が這い、互いの指が絡み合っていく。ふたりの体温が高くなり、肌が汗ばんだ。けれど、そんなことは気にならない。

ハリスもしっかりとキアランの指を握り返した。

誘惑して、誘惑されて。その先にどんなことが待っているのか。

想像しようとしても、脳裏にはなにも浮かばない。いまはただ、舌の触れ合う濃厚なキスがすべてだ。

目を閉じたハリスは、自分の舌先でキアランを求め、いつぶりか思い出すこともできない性欲の目覚めを受け止めた。

【3】

誘惑という言葉を宙に浮かせたまま、ハリスとキアランはプレイを重ねた。

先へ進むことはなく、昂《たかぶ》る腰を押しつけ合ったのもあの夜の一度きりだ。変わったことがあるとすれば、キスがディープになり、ときどき舌が忍び合って、濡れた感触を求めることだった。

日々の記憶は、曇天に舞う雪片と見渡す限りの雪原に塗り込められ、秋に見た黄金色の景色は遠い。雪に埋もれたツエサルの冬は飽きるほど長く、その中で新年を迎えた。

ツエサル・フィールドでは夜会が催されたが、ハリスは出席することなく、階段の上からホールを見渡しただけだ。人々と語らうキアランを探したが見つからず、部屋へ戻ると彼が訪ねてきた。ケーキとワインを届けてくれたのだ。

そこでも特別なことはなにもなかった。ハリスはひとりでケーキとワインを楽しみ、気楽な年明けを祝い、寝室から雪景色を眺めた。

単調だが美しく、月明かりにきらきらと輝く雪原には、ごくまれに、どこまでも続く小さな足跡があった。狐《きつね》か狼か、それとも鹿か。大きければ、冬眠を逃した熊だから要注意だと教えてくれたのはダネルだ。

年が明けてからは、夕食を三人で取るようになった。金縁で飾られた絵画が並ぶ正餐室《せいさん》を使い、ダネルの食事作法の練習も兼ねている。

キアランは相変わらず冷たい声色でそっけない返事ばかりをしていたが、ダネルが気にしたり落ち込んだりすることはない。それが叔父の性格だと割り切っているのだ。

ハリスはときどきふたりのあいだを取り持ち、ダネルがねだれば、王都の話も騎士団の話もした。

いつしか雪の降る曇天の日が少なくなり、春はゆっくりとやってきた。

日陰には雪が残っていたが、木々の枝に若葉が芽吹き、花の蕾もほころんでいく。

ハリスには王都からの手紙が届いた。父と兄から一通ずつ。そして、エドワード王太子からの、形式張った真意の見えない一通だ。

ここへ来て初めてエドワーズからの手紙を受け取ったが、帰りを急かすでもなく、体調を心配する優しい言葉が書き連ねてあるだけだ。中身も文字も側近の代筆に違いない。

エドワーズ王太子が性的な関係をあきらめてくれさえすれば、すべてがうまくいくことはわかりきっていた。Ｄｏｍ／Ｓｕｂパートナーは、愛人ではない。

そのあたりを父と兄は理解している。手紙を読めばわかった。

父の手紙には、王太子とのパートナー関係を解消しても騎士団に残れるように手を尽くしているが、いまだに承諾は得られないとあり、兄もまた、口添えを頼める有力者を探しているると書いていた。おそらく、騎士団の中では、エドワーズとハリスの不仲が噂になっているのだろう。

父と兄たちは、ハリスを全面的に信じ、守ろうとしてくれているのだ。

心強い反面、ハリスは心配にもなった。彼らがエドワーズの行った鞭打ちを知れば、事態はおおごとに発展しかねない。エドワーズ本人を飛び越え、国王に直談判する可能性も考えられる。

「浮かない顔だな」

キアランの声がして、庭で犬と遊ぶダネルを眺めていたハリスは振り向く。つややかな黒髪をコートの胸へ結び下ろしたキアランの背筋は美しく伸びている。

「帰ってくるように言われたか？」

手紙の内容について問われ、ハリスは薄い笑みを浮かべた。首を左右に振る。

「いえ……、わたしにはなにも」

「私は従兄弟殿から、きみの扱いに対する注文が山のように並んだ手紙をもらったよ。おいしいものを食べさせろとか、寝具は一級品をとか、優しい言葉をかけろとか。……もう冬も過ぎたというのに、いまさらな……」

ハリスはとっさに手を伸ばし、鼻眼鏡をかけたキアランのくちびるの前に指を立てた。辛辣な言葉が飛び出しそうで危うい。

「きみしかいないのに。いいじゃないか」

軽い口調で言ったキアランは、離れた芝の上から手を振るダネルに気づく。ゆったりとした仕草で手を振り返した。春先の風はまだ冷たいが、子どもは元気だ。

白い仔犬は『トビィ』と名前が決まり、ひと回りもふた回りも大きくなった。ダネルが抱き上げるのはもう難しい。いまは、躾のトレーニング中だ。

犬の躾に慣れた若い青年が村から呼ばれ、ダネルを指導している。

犬に対するコマンドは、Ｄｏｍ／Ｓｕｂのプレイで使われるものに近いので、ハリスはいつも距離を置いてしまう。見守るふりで遠くから眺めているばかりだ。

「よい飼い主は、よいＤｏｍになると思うか？」

キアランから突然に尋ねられ、ハリスは真顔で視線を向けた。

そのふたつを同一視されたくはない。たしなめようとしたが、意に介さない表情のキアランは涼やかな声色で話を続けた。

「使うコマンドは同じでも、Ｄｏｍ／Ｓｕｂは『飼い主と犬』ではない。きみもそう思うだろう。勘違いしている人間は山のようにいるがな」

キアランの考えが自分と同じであることに、ハリスは安堵した。だからこそ、質問を投げかける。

「でも、キアラン、犬にも忠誠心があります」

「Ｄｏｍ／Ｓｕｂに忠誠心は必要ない」

ようやく振り向いたキアランは、挑むようにハリスを見つめてくる。

「わたしへの当てつけですか」

エドワーズに対する感情は忠誠心だ。それはここへ来てからも変わっていない。

「きみは、あの男がどんな人間であっても、王太子であれば忠誠心を見せるだろう。それが騎士だ」

「犬と一緒にされては困ります」

「もちろんだ。そんなことはしない」

キアランは真面目な顔で続けた。

「Ｄｏｍ／Ｓｕｂによる絆は、忠誠心とは別のものであるべきだ。そうでなければ、セーフワードの存在する理由がない」

「騎士のあいだではセーフワードは必要ないという意見もありますが」

「それは性的な関係を結ぶ必要がないからだろう。騎士団でも、圧倒的に多いのはＮｅｕｔｒａｌのはずだ。彼らがＤｏｍ／Ｓｕｂだと偽っている可能性は否定できないだろう?」

「そうですね……。ある程度の知識があれば、演技をすることは可能です」

「彼らにはどうあがいても、Ｄｏｍ／Ｓｕｂの真髄は味わいきれない。そう思わないか、ハリス」

腰の裏に片腕を回し、キアランは鼻眼鏡のレンズ越しに目を細めた。

「セーフワードを突き詰めれば、そこには官能がある。それを味わいもせず、男根を受け入れることが信頼や忠誠になるなんて、いかにも下半身でものを考えている人間が使いそうな言い訳じゃないか。いまどき、ご婦人方であっても、そんな言葉で膝をゆるめたりはしない」

「……そんな、あけすけに」

ハリスは大きく息を吸い込み、冷ややかな表情を浮かべるキアランの腕を叩いた。

エドワーズへの揶揄《やゆ》をこともなげに言い放ち、態度は尊大そのものだ。しかし、彼にはそういう仕草がよく似合う。

ツエサル・フィールドを彩る若葉を背にして立つ姿は、この土地を守る者に相応しい精悍さだ。一見、驕《おご》りたかぶっているように見えるのも、冷静さを保ち、多くのことに対して平等な判定を下すためだった。

見え透いた世辞を嫌い、真実を尊びながら、ほんの少しの狡《ずる》さも隠し持っている。一筋縄ではいかないところが面白く魅力的だ。

ハリスに腕を叩かれたキアランは、軽く片足を引いた。顔を覗き込むように背を曲げる。

「騎士団はDom／Sub性を都合のいい制度として利用している。そうでなければNeutralに疑似プレイをさせたりしないだろう」

「その通りです。しかし、悪いことばかりではありません。わたしのような状況に陥る騎士はまれだ。つまり、Dom／Sub性を利用しながら、安心して背中を預けられる相棒との信頼関係を築いている」

「……きみは、美しすぎたな」

キアランの眼差しがまっすぐに注がれ、ハリスの身体は肌の内側から熱を帯びた。自分では制御できない感情の揺れが生まれ、浅く息を吐く。

からかっているのだと思い直し、眼鏡のレンズ越しにキアランの目を見た。

「あなたにとって、Dom／Sub性とはなんですか」

質問を投げると、木の実色したキアランの瞳がにぶく光る。

「きみにとって男女性とはなんだい」

質問に対して質問で返され、ハリスは不機嫌に眉根を引き絞った。キアランの指が伸びてきたが、触れられる前に払い落とす。

くちびるを引き結んだハリスが答えずにいると、キアランが言った。

「男女性は、子孫を残すための大事なシステムだ。しかし、愛情や性愛は異性間だけのものではない。同性間でも成り立つ。……子を育てるだけなら、両親の性別は問われないだろう」

「では……」

先を促すと、キアランはあたりへ視線を巡らせた。トビィと仲よさそうに向かい合っているダネルを眺め、そのまま遠くの大木を見つめる。

「Ｄｏｍ／Ｓｕｂ性は、人と人のあいだに平等性を加えるものだ。私はそう考える」

「平等……？」

ハリスはあ然として繰り返した。そんなことは考えたこともない。

従える者と従う者、それがＤｏｍ／Ｓｕｂ性だ。

軽いため息が聞こえ、キアランが振り向く。

「きみは、Ｓｕｂのほうが割を食っていると思うだろう？　人に従い、褒められる一方で支配される存在だと……。しかし、真実は違っている。本当に支配されているのはＤｏｍなんだよ。関係を求めているのは我々のほうだ」

キアランはなぜか皮肉げな表情を浮かべ、ハリスの肩に手を置いた。

「エドワーズの目が眩《くら》んだのも、きみが彼を支配したからだ。……彼の下半身を。あの男はたぶん、そこに頭がある」

「……やめてください」

鋭く言って睨んだが、すぐに視線をはずした。

エドワーズをこき下ろすことに関しては辛辣さを極めるのがキアランだ。まるで子どものようにいたずらっぽく、それを面白がってしまう自分にも気づいていた。

反省や謝罪の言葉など、はなから期待していない。

それどころか、王太子であるエドワーズが、実際はキアランの従兄弟にすぎないと納得させられるたび、意固地になって執着してきた『忠誠心』というものが薄れていくような気がするのだ。それは爽やかに心地よく、ハリスの気持ちを軽くした。

このまま、王太子という存在に対する期待を忘れてしまえば、エドワーズという男と向き合える気がしてくる。

背けた頬にキアランの指が触れ、そっと向きを直される。腰を屈めたキアランが小首を傾げた。

「きみはセーフワードを使わなければならない。それが、けだものに対する鞭だ。傲慢で強欲なＤｏｍを、躾の行き届いた有能な保護者にするんだ。Ｓｕｂのためなら、どんなことにも虚勢を張って挑み、身を挺《てい》して誉れを勝ち取る。それが我々、Ｄｏｍのあるべき姿だ。……跪く者こそ強い」

キアランの瞳は清々《すがすが》しく冴えていた。心に一本、しっかりと通った芯が、彼を揺るぎのない人にしている。

ハリスは浅く息を吸い込んだ。淡い感動が胸に迫り、熱く潤んでくる。

雪の中に立っていた裸木が思い出された。何度もやってきた冬の嵐を、一本の木はたわみながらかわしていく。目の前が見えないほどの吹雪が引いたあと、木の姿は少し風に流されるが、春が来るころにはまた上へ上へと枝を伸ばした。

「……あなたも、けだものですか」

キアランの瞳に引き込まれ、ハリスは心のままに問いかけた。あどけない質問だと思ったが、打ち消すことはしない。

「そうなりたくないから、パートナーを作らなかった」

身を引いたキアランがダネルたちへ身体を向ける。その横顔は冴えざえと整い、いつも通り感情が見えない。

しかし、ハリスにはわかっていた。彼のくちびるから、眉から、揺らぐ感情が読み取れる。

「キアラン。あなたのおかげで、息苦しいことはなくなりました。わたしはもう、ちゃんと息ができる。……ありがとう」

素直な気持ちを伝え、薄手のコートの陰で指を伸ばした。キアランの手を探す。かすかに触れた瞬間、強く握り返された。

「こんなに冷たくして……。ハリス、きみはツエサルに慣れていないんだから、まだ手袋をしていなさい。指先から風邪を引くことだってあるんだ」

そう言うなり、キアランはハリスの両手を強く摑んでさすり始める。

「……温かい」

春先の風にかじかんでいた指が人肌で温められ、ハリスは肩をすくめてみせる。

キアランの瞳の奥が光った。きらりと淡く、感情が揺れる。

「もっと暖かくなったら、ピクニックへ行こう。きみに見せたい景色がある。もちろん、ダネルも連れて」

キアランはぎこちなく頰を動かした。それが微笑みだと、ハリスにはすぐわかる。だからこそ、即答することができなかった。

ハリスなら、ふたりきりよりもダネルと三人で行動することを喜ぶと、キアランは思ったのだろう。

もちろん三人一緒がいいに決まっている。

けれど、降って湧いた落胆がハリスを戸惑わせ、即答を阻んだ。

きみに見せたい景色と言われ、ふたりで眺めることを想像してしまったせいだ。

ダネルを邪魔に思う気持ちは微塵もない。それなのに、心は落ち着きをなくして揺れ続ける。

「いいですね、行きましょう。三人で」

ハリスは微笑みを取り繕い、戸惑いを悟られないようにして答えた。ダネルのいる庭へ視線を転じる。

それでもキアランの手が、ハリスの冷えた手を離すことはない。温まるまで丁寧に世話をされ、ふたりの指先の温度は同じになり、やがて汗ばんでいく。キアランの視線はハリスの顔をたどるように見つめ、ハリスは気づかぬふりで景色を眺め続けた。

胸に吹き込むのは、小さな喜びだ。戸惑い揺れる心を持て余しながら、彼に気づかわれ、たいせつに扱われる嬉しさが、春の陽差しにほころぶ蕾のようにじわじわと育っていく。

ハリスの中にあるＳｕｂ性が満たされ、成熟している証拠だ。

Ｄｏｍ／Ｓｕｂ性もまた、男女性のように、相手から気持ちを傾けられて初めて得る歓びがある。

そして、その先には、互いを満たして分かち合う官能が育つ。それを性愛と呼ぶのなら、発露するものは、欲情でも支配でもない。

キアランと培ってきたものは、ハリスを傷つけ追い込んだ、あの恐ろしいまでに激しい欲求とはまるで違っている。まったくの別ものだ。

温《ぬく》まった指からキアランの肌が離れていくのを感じ、遠くの木立を眺めていたハリスは驚いたように振り向いた。ふたりの視線がぶつかり、同時に肩をすくめる。

ハリスはなにも言わずにキアランの手を握った。口を開いたところで、出てくる言葉は言い訳ばかりだ。

ならば黙っているほうがいい。

キアランはすっと目を細め、涼しげな表情の奥に笑みを浮かべる。

「その景色は、どんなところですか」

ハリスは笑いながら問いかけた。ピクニックの行き先の話だ。

「とても美しい場所だよ。そこにいるきみを見たい。きっと、素晴らしく似合うはずなんだ」

キアランの言葉は思いがけずに甘く、ハリスは驚いた。素直に顔に出してしまい、キアランが困ったように片頬を引き上げる。

「しらじらしいか？」

「いえ。あなたをがっかりさせなければいいと思うだけです」

ふたりは、手を離すタイミングを逃した。けれど、それを苦に思うことはない。

やがてダネルが駆け寄ってきて、指は自然と離れていった。

＊＊＊

「春が、これほどまでに美しいとは……」

思わず感嘆の声がこぼれ出る。ハリスは手綱を引いた。

アイリーンがゆっくりと足踏みして止まる。

長く色彩のない景色ばかりを見ていたハリスにとって、ツエサルで迎えた春は想像以上に眩しかった。

どこまでも真っ白に広がっていた雪原が消え、緑豊かな牧草地が幾重にも折り重なって続いている。草を食《は》む牛が見え、鳥のさえずりが遠く近く聞こえてきた。

アイリーンを歩かせている道の左右には名もない花が揺れ、温かな陽差しが降りそそぐ。雲は風に流され、空は青く澄み渡っていた。

「確かに、冬は味気ない。どこまでも白、白、白。空は鈍色で、木々は黒。陰鬱だ」

キアランの声がして、彼を乗せた馬に追い越される。蹄《ひづめ》の音はポッカポッカとリズミカルで小気味がいい。

「そんなことはありません。あれほど真っ白な景色は見たことがない」

「きみは一度見れば済むから幸運だ」

「……次もきっと、素敵ですよ」

アイリーンを急がせ、キアランを追う。背中に声をかけた。

「ダネルは残念でしたね。熱を出してしまうなんて」

「来たくなかったんだろう」

「また、そんなことを。あの子は楽しみにしていましたよ。あなたと一緒に出かけられることが、本当に嬉しそうで」

非難がましく言うと、前を行くキアランが横顔をちらりと見せた。ひとつに結んだ黒い髪が揺れる。

「そう」

声はハリスまで届かず、くちびるだけが動く。涼しげな目元からはなにも読み取れない。

「まさか、仮病を使ったと疑っているんですか？　とんでもない！」

ハリスは声を張り上げた。ダネルは微熱を出し、ローズに止められて外出をあきらめたのだ。ハリスとキアランも外出を取りやめようとしたが、それには及ばないとローズに言われて出てきた。

「目的地はそこだよ。あの林」

キアランの指の先には、樹木が群生していた。新緑を揺らす枝同士はほどよく離れ、あいだから陽差しが差し込んでいる。

足元には低木が茂り、白い花の可憐《かれん》に咲くのが見えた。

「馬はここに繋いでおくんだ。しっかり結ばないと、草を食べにどこまでも行ってしまう」

キアランが指差したのは、林から少し離れたところにある一本立ちの木だ。縄をかけておくのにちょうどよく、近くには小川も流れている。キアランは迷いなく馬を繋ぎ、小川を確認してからハリスのそばへ戻ってきた。

「あぁ、上手だね。これで問題はない」

さらりと褒められただけで、ハリスの背筋に痺れが走る。プレイを思い出したわけではなかったが、キアランの声と口調に、身体が反応してしまう。

馬たちはさっそく水を飲んで草を食み、キアランが積み荷を下ろした。ピクニックのための道具だ。

チェック柄の敷布に、食事の入ったバスケット。それから、食器を入れたトランクもある。それをふたりで分担して持ち、林の中へ入っていく。

ゆったりと歩いていたが、道を知っているキアランの歩調は慣れて速い。ハリスは遅れて後ろに続いた。

若葉の香りに混じって、木の皮の匂いが漂ってくる。心地のいい陽差しはレースのように小道の上へ模様を描く。

「おいで、ハリス」

キアランには珍しく声を張っている。

急かされて歩調を速めると、茂みが切れた。

林の中央には木がなく、淡い陽光が丸く差し込んでいた。そこには草と小花が揺れ、細い川がちろちろと音を立てて流れている。

川向こうの林は深く、茂みに隠れて景色は見えない。

「こんなところがあるなんて……」

ハリスの感嘆を聞き、荷物を下ろしたキアランがジャケットの胸を張る。

「私の庭だ。……木を切って、枝を整え、光を入れたんだ。草と花は勝手に生えたものだよ」

「そうなんですか」

素直に驚いて、ハリスは小首を傾げた。肩に下ろした髪を指で梳く。

「これはとっておきの場所ですね。……女性を口説くにはぴったりだ」

「じゃあ、きみを口説こう。ここにはきみしかいないから」

「そんな理由なら、やめておくことです」

あからさまなからかいだと思い、ハリスはわざとそっけなく答える。対するキアランは、どこか困ったような顔つきで肩をすくめた。

「だれも連れてきたことはない。ダネルも、だれも」

そう言ったきり、くるっと背中を向ける。声をかけがたい雰囲気を出しながら、キアランは敷布を広げた。

このあとの予定は、パンを食べてワインを飲み、ほろ酔いが覚めたころあいに帰るだけだ。

手際よく荷ほどきするキアランをしばらく眺め、ハリスは首に巻いたスカーフをはずした。白い首筋を手のひらで押さえ、だれも連れてきたことがないと言ったキアランの言葉を反芻《はんすう》する。心はわずかに浮き立ち、同時に、チリッと痛む。

本当に口説くつもりだったのかと考えたが、まるで現実味はなかった。首を軽く左右に振って気持ちを切り替える。

キアランに声をかけ、ハリスも昼食の準備を手伝う。

グラスや皿を取り出したトランクに布をかけ、簡易テーブルに仕立てる。それから、軽食の入っているバスケットを開いた。

中を確認したハリスは違和感を覚えた。思わず首を傾げる。

三人分の支度を頼んだはずなのに、中身があきらかに少ない。しかも大人の好むものばかりだ。

「キアラン。……厨房で中身を詰め直してもらいましたか?」

「いや? そのまま受け取っただけだ。どうした」

キアランが手元を覗き込んでくる。中身をちらりと見て、顔を上げる。ふたりの視線がぶつかった。

「ふたり分だな」

キアランが言い、ハリスはさらに首を傾げる。

「どういうことでしょう」

「私たちとは、出かけるつもりがなかったんだ」

「ダネルがですか？」

ハリスは戸惑った。目を見開き、宙を見つめた。なにか嫌われるようなきっかけがあっただろうかと、心から案じて表情を曇らせる。

「ハリス……」

気づいたキアランが、軽く曲げた指を伸ばした。関節で頬を撫でられる。

それだけでハリスの身体はぞくっと痺れた。不安を隠さずに彼を見つめた。

キアランは片方のくちびるの端だけをわずかに引き上げた。

「あの子は小さな天使だ。……私に気をつかったんだろう」

「意味が、わかりません」

両膝を敷布についたハリスは首を振った。

「……本当に？」

キアランが眉根を寄せて言う。取り残された手を引き、そのまま、小さくため息をついた。

「いまごろ、屋敷の庭でローズとピクニックごっこをしているはずだ。……きみは、そちらに参加したほうが楽しかったかな」

「からかわないでください。……わたしは」

キアランといるほうが楽しいと、喉元まで出かかった言葉が詰まる。

頬が一気に熱を帯び、ハリスは慌てて景色へ視線を向けた。

続きを促すことのないキアランがワインを開ける。

ハリスは両手にグラスを持って差し出した。葡萄《ぶどう》の色は濃く、鼻先を近づけると馥郁《ふくいく》とした香りが立つ。

「いいワインですね」

片方のグラスをキアランへ差し出しながら、ハリスは待ちきれずに中身を飲んだ。花の香りにスパイスの混じった深い味わいだ。

「きみは飲む前から言うんだな」

「香りがよかったんです」

「そうか。……味見をさせて」

ささやくような声で言われ、ハリスはどぎまぎと視線を揺らした。心臓が跳ねて、脈を打ち、鳥の鳴き声が遠くなる。

口移しを求められていると思った自分に気づき、とんだ勘違いだと恥ずかしくなった。

両肩を引き上げ、まだ口をつけていないグラスをキアランへ押しつける。

「中身は同じですよ」

「知っている」

片頬で笑ったキアランは、野菜やハムの挟まったパンを取り出した。

「あなたはそうやって、すぐにわたしをからかう。やめてください」

「嫌な男か」

パンを差し出すキアランは楽しげだ。鼻眼鏡をかけていない素顔がそこにある。

「そうですね。嫌な人だ」

ハリスはぷいっと子どもっぽくあごをそらした。視線の先にパンがちらつき、仕方がないふりで受け取る。

「エドワーズと、どちらが嫌な男だ」

「……あなたのそういうところは、本当に、どうしようもない。困った人だ……」

比べられるはずがなく、答えるわけにもいかない。

「答えませんからね。くだらない質問はよしてください」

キアランをじっとりと睨み、パンに口をつける。自家製のパンはふんわりと焼き上がっていた。

「……屋敷の料理人は、本当に腕がいい。このハムも、とってもおいしいです」

「ツエサルの特産品だ」

満足げにうなずいたキアランもパンを手にした。

木の枝にとまった小鳥がさえずり、小川は絶えず音を立てて流れていく。

ハリスが耳を傾けると、キアランは黙った。

視線が横顔に注がれていることは気づいていたが、不思議と振り向く勇気がない。

ハリスはうつむき、ワイングラスに口をつける。

じっと見られて恥ずかしいと思うのに、キアランの視線がはずれることも惜しい。

ワインはすぐになくなり、キアランが注ぎ足してくれる。

「きみも、こんなところで女を口説きたいだろう。どんな相手が好みなんだ」

パンでの昼食が終わり、キアランはローストしたナッツを取り出す。ワインはもう一本、用意されている。

後れ毛を耳へかけ、ほろ酔いのハリスは肩で笑った。

「……女とは限りませんよ。口説く相手が男でも、わたしはかまいません。惚れていれば、なにも問題はない」

それは本心だ。しかし、キアランと出会わなければ、一生、口にすることのなかった言葉に思えた。ハリスの脳裏に浮かんでいるのは、目の前にいる男の顔だ。

いつもより酔いが早いと気づいたが、ハリスはまたワインをひとくち飲む。

「それなのに、エドワーズはダメだったのか」

キアランの指摘はいつも通りに意地が悪い。ハリスはトランクの簡易テーブルにグラスを置いた。

「彼は騎士としてのＤｏｍ／Ｓｕｂパートナーです。恋や愛は関係ない」

「忠誠心は真実だろう」

冷たい言葉がふたりのあいだに転げていき、ハリスはたしなめるような視線を向けた。叱られていると察し、キアランは肩をすくめる。

辛辣なくせに、素直な男だ。

「あの方が、あんなふうになってしまったのは、わたしのせいかもしれません。あなたもそんなことを言っていたでしょう。このごろは、そう思う」

ハリスは靴紐をほどき、靴下も脱いだ。裸足で立ち上がって小川へ近づいた。足先をそっと浸す。

雪解け水は目が覚めるほどに冷たく、一瞬で震え上がった。

「温かくなったのは陽差しだけだ」

キアランの明るい笑い声が聞こえ、ハリスは肩をすくめたままで振り向く。

自分が笑ったと気づいていないキアランは、くちびるを片方だけ引き上げ、いつものニヒルな表情を浮かべる。

涼しげな美貌に目眩を感じ、ハリスは瞳を細めた。

「……あなたは、わたしの反応が媚態《びたい》のように感じることがありますか」

「ハリス。誘惑されてもされなくても、相手の望まないことをするのは、性愛のルール違反だ。ましてや、サブドロップするほどに追い詰めるなんて」

「……っ」

忘れていた言葉が脳裏をよぎり、川べりに立つハリスはよろめいた。さっと立ち上がったキアランが飛びつくように支えてくれなければ、小川に倒れ込んでいたかもしれない。

「すまなかった」

「……忘れていたことに、驚いただけです」

ハリスは嘘をつかなかった。それが真実だ。

「回復したんだな」

感情の見えないキアランの声は、雪解け水の小川と同じようにひんやりと冷たい。

風がそよぎ、木立がざわめく。

鳥が飛び立つ羽音に目を向けたハリスの頬を、キアランの手のひらが覆った。

「『Ｌｏｏｋ』」

澄んだ声に命じられ、ハリスはすぐに視線を戻す。彼を見た。

「『Ｋｎｅｅｌ』」

跪くコマンドにも従い、草の上にぺたりと座る。

「『Ｇｏｏｄ』。いい子だ、ハリス」

身を屈めたキアランの指にあごを捕らえられ、両足のあいだに手を置いたハリスはじっと相手を見つめた。もっとコマンドが欲しいと、目でねだる。

その瞬間、自分がキアランを誘惑しているとわかった。そして、エドワーズを誘惑したことは一度もないと確信する。こんなことは初めてだ。

エドワーズと繰り返したプレイは支配と隷属の関係だった。従い、褒められ、満足を得たが、それはＤｏｍ／Ｓｕｂ性の快感ではなかったと、いまは深く理解できる。

男と女が愛し合うように、ＤｏｍとＳｕｂも愛し合う。互いを満たして補い、支え合っていく関係だ。

しかし、騎士である以上、そんな関係は望めないだろう。多くの人間がＤｏｍ／Ｓｕｂ性のなんたるかを知らないのだ。ハリスも知らなかった。

「ハリス」

キアランの声がふいに沈み、あごに触れていた手が離れる。

「『Ｓｔｒｉｐ《脱ぎなさい》』」

美しい発音が鋭く聞こえ、ハリスは初め、自分が聞き間違えたのかと焦った。

それとも、『脱ぐ』以外の意味があるのだろうかと考える。

「きみの肌が見たい。脱いでくれ」

春の陽差しの中でゆっくりとまばたきをするキアランは、書斎で書き物をしているとき同様、冷静そのものに見えた。脱がせることにたいした興味があるでもなく、Ｄｏｍとして、またひとつ信頼の証しを得ようとしているだけのようだ。

頭では理解したが、ハリスは戸惑う。

脱ぐことはかまわない。けれど、キアランに対して素肌をさらすことが恥ずかしい。

「『Ｓｔｒｉｐ，ｐｌｅａｓｅ』」

キアランの声がふたたび耳へ届き、そのほかの音がすべて遠のいていく。小鳥のさえずりも、小川の流れる音も消え、ハリスは自分の心臓の音が大きくなるのを聞いた。

持ち上げた指は小刻みに震え、シャツのボタンをひとつひとつはずしていく。キアランの視線を常に感じて、ハリスは深く呼吸を繰り返した。肌が火照り、気が遠くなる。ほどほどで止めてくれるだろうと気楽に考える一方で、中止してほしくない気持ちも湧き起こる。このごろのハリスはアンビバレントな想いに揺れていた。

恥ずかしいのに、その恥ずかしさを彼に知ってほしい。

それを想像すると、心に小さくも激しい渦が生まれ、まつげの根元が濡れてくる。

「ゆっくりでいい。そのまま、シャツを脱いで。ズボンも」

キアランの声を、ハリスはどこか遠く聞いた。止めるどころかエスカレートした命令に肌がざわめいて粟立《あわだ》つ。

シャツを草の上に落としたハリスは、立ち上がってズボンを脱いだ。陽差しの下であらわになった肌は白磁のようにつやめき、ツエサルに来てからも鍛錬を続けている肉体は、著名な彫刻家が刻んだ裸体像のように引き締まっていた。

下穿き一枚になると、よりいっそう強く視線を感じる。

「……キアラン」

あからさまに見つめられたハリスは、いたたまれなくなった。声を震わせてキアランを呼ぶ。悪い冗談だと笑いたかったが、息が浅くなるばかりで言葉にならない。

「やめてくれと言えば、私はやめる。きみを傷つけることはない」

そう言いながら、キアランは膝かけを取って戻り、草の上に広げた。柔らかなウールの織りものだ。

「……『Strip』『Down』」

下穿きを指し、次に膝かけを指す。

コマンドは『脱いで、伏せろ』だ。ハリスは何度か息を呑み、たじろいだ。従っていいものかと悩み、ちらりとキアランを見た。

しかし、そこにはコマンドを出した張本人がいるだけだ。

すがるようなハリスの視線を受け止めた瞳は涼しく、淡い情欲で濡れていた。

彼は本当にすべてが見たいのだ。一糸まとわぬ身体を、目前にさらしてほしいと願っている。

ハリスの胸は早鐘を打った。身体を横へ向けて下穿きを脱ぎ捨てる。それから膝かけの上に伏せた。手は顔のそばにあり、緊張のあまりに拳を握りしめたまま開かない。

身体のそばにキアランが膝をついた。

「ハリス、よくできたね。『Good《いい子だ》』。きみは……」

なだめるように穏やかなリワードが途中で途切れ、顔を伏せたハリスはなにが起こったのかわからず不安になる。

「あぁ……」

暗い翳《かげ》りを帯びた息づかいが聞こえ、ハリスはびくっと身をすくませた。

自分のうずくまる姿に不快感を覚えたのではないかと案じ、許されていないのに顔を上げたくなる。

身体がガタガタ震えだしそうなほどに恐ろしく、強く握りしめた拳をウールの布地に押しつけて耐えた。息は浅くなり、肌が冷たく凍えていく。

早く、なにかを言ってほしかった。期待外れだったなら、それでいい。脱がしてみれば想像と違い、女に対するような反応ができないのも当然だ。

けれど、放っておかれるのはつらい。これではまるで『お仕置き』のようだ。そう思った瞬間、キアランの指先が背中をさっと撫でた。

まるで一陣の風のように、表面をかすめて離れる。

ハリスは息を呑んだ。彼の目前にさらされているものに気づいたからだ。

そこには、エドワーズ王太子から鞭打たれた痕が残っている。もうずいぶんと薄くはなったが、陽にさらされては隠しようもない。

「……なんてことだ」

まるで憤っているかのように声を荒らげたキアランが、手のひらを押しつけてくる。

憎悪を感じさせる低い声に、ハリスは本能的な怯えを感じて首をすくめた。Ｄｏｍの怒りはグレアになり、Ｓｕｂの本能を圧倒する。

「こんな美しい肌に……あの男は……」

キアランは肌を擦るように手を動かした。それが汚れではないことを確かめ、さらに憤りを募らせる。

普段は押し殺している感情のすべてが表に出る勢いだ。

グレアに対する恐怖に耐え、キアランに悟られないように身体の震えをこらえる。その代わりに、涙が溢れた。うずくまっている体勢が、あの日と同じだからだ。

ハリスは精神の限界がひたひたと近づくのを感じ、恐慌から自分自身を守ろうと試みる。すべてを投げ出さなければ、サブドロップに陥るとわかっていた。

うずくまったままで膝を開き、いっそう身を伏せた。下半身も腹も胸も布地に押し当てる。キアランが怒りを静めてくれるのなら、このまま、仰向けになる『Ｒｏｌｌ《ロール》』の姿勢を取りたいぐらいだった。しかし、全裸であることが障害になる。

エドワーズに求められてもできなかったことだ。

彼の前で肌をさらし、すべてを開いて見せろと言われたことがよみがえる。ハリスはシャツを脱ぐことしかできず、本来ならセーフワードを口にするべきタイミングも逃した。元から、そんなものは決められていなかったが、限界だと伝えることはできたはずだ。

しかし、すべては後になって考えたことに過ぎない。

エドワーズは力尽くでハリスを従えようとして、そばにあった刑罰用の鞭を手にしたのだ。本来、罪人以外に使うべきではないものだ。苦痛を与えるためだけに作られた鞭は、治りの悪い傷を作る。

エドワーズはハリスをひどい言葉で罵った。騎士でありながらＤｏｍ／Ｓｕｂパートナーの求めに応じないことは誉れを汚すと言ったのだ。

そのときにはもう、ハリスは現実を正しく認識できなくなっていた。

相手は、本能的に影響を与えてくるＤｏｍだ。

彼が興奮するごとに強烈なグレアが発散され、威圧と恐怖が入り乱れてハリスを支配した。逃げ出すこともできず、ただ、父や兄たちや一族のことを思い、エドワーズの気が済むまで傷つけられることに甘んじるしかなかった。

「ハリス。きみは戻るべきじゃない」

キアランの氷のように冷たく澄んだ声が聞こえ、ハリスは陽差しが降りかかるのを感じた。しかし、痛みの幻覚が背中を疼《うず》かせ、涙は溢れて止まらない。

「……こんなことをされて、許すなんて」

わかりきったことを諭されると気づき、ハリスは拳を振ってキアランの足に当てた。気力のすべてを振り絞ったのに、拳は弱々しく、ほわんとぶつかっただけだ。

それでもキアランは黙る。

「そういう……ことでは、ない」

かすれた声で訴え、ハリスは両手で顔を覆って伏せる。

許すとか、許さないとかではない。これは騎士団の掟《おきて》の話だ。Ｄｏｍ／Ｓｕｂパートナーに行きすぎた忠誠を求める悪習は長らく隠されてきた。これからも、隠されていくだろう。力と力の世界だ。そこに誉れという虚栄心が巣くっている。

「……泣いているのか」

察したキアランの声が低くなり、気配が遠のいたかと思うと彼のジャケットがハリスの身体を覆った。

「……あ、なたが……っ」

声を出すと喉が詰まった。ハリスは涙を手のひらで拭い、大きく息を吸い込む。

「あなたが、泣かせたんです……っ！」

口にしてから、子どもっぽい非難だと後悔した。兄に対してさえ、こんなもの言いはしたことがない。感情が剝《む》き出《だ》しになり、取り繕うことも忘れてしまう。

ハリスは心底から自分が嫌になった。

エドワーズをうまくかわすこともできず、こんなところへ追いやられ、そしてまた連れ戻されるのだ。そして、キアランからも愛想を尽かされる。

想像するまでもなく、ハリスは急激な不安に苛《さいな》まれた。友情を育んだつもりはない。淡い感情はいつも綱渡りで、危うくふたりを繋いでいた。

そして、ハリスは彼に心を奪われたのだ。

「……そうだな。ごめん。……悪かった」

髪にそっと手の重みがかかり、続いて、くちびるを近づける気配がする。

「きみのことは、なんでも理解したい。……たいせつにしているものを貶《けな》したように聞こえたのなら、本当に申し訳ない」

「……いいんです」

ぐずっと鼻を鳴らし、ハリスは身体を起こそうとする。キアランの顔が見たかったが、頭部にくちびるが押し当てられていて動けない。

「……キアラン？」

「これできみに嫌われるなら、問わずにいたことを聞いておきたい。……彼とは……」

そこで言葉が途切れ、ふたりのあいだに沈黙が流れる。

なにも知らない小鳥が歌い、小川は絶えず清《さや》かな水音を繰り返す。

ハリスは目を閉じて首を左右に振った。

「拒んだから、こんな目に遭ったんです」

キアランの尋ねようとしていることが、エドワーズとの性的な行為のことならば、なにもしていない。

「そうか」

吐息混じりに感情を押し殺した声が聞こえ、しばらくの沈黙のあとで、キアランはふたたび言葉を発した。

「……ハリス。きみに無理を強いるつもりはない。でも、もしも……。もしも、少しでも、ここへきみを連れてきた、私の気持ちがわかるなら……コマンドに応えてほしい」

ささやくような小さな声は、祈りのようだ。それなのに、なまめかしい熱さを秘めて響く。ハリスの心はざわめき、すべてがキアランへと傾いた。

甘い緊張感の中で、彼の声を待つ。

「『Ｒｏｌｌ』」

肩を軽く押され、ハリスはあっけなく身体ごと横向きになる。かけられていたジャケットが腰回りを危うく隠していた。

「ここへはもう、だれも誘わない。……これからも、きみしか招かない」

仰向けになるコマンドだが、キアランはそれ以上を求めず、ハリスの髪を撫でる。仕草は甘く優しく、情に満ちていた。

それが友情か、愛情か。問うことは野暮だ。ハリスは視線をそらし、小さな声で問いかけた。

「……ダネルもですか」

不思議なほど拗ねた口調になり、ハリスはまた恥じ入った。どうしても、甘えてしまう。自分だけのＤｏｍだと思えばこそ、心を偽ることができなくなる。

キアランに感情のすべてをさらし、自分のすべてを受け入れてほしいと願う。

「ダネルもだよ」

ハリスの髪を指に絡め、キアランはその場に腰を下ろした。

「……いつでも遊びにおいで。ツエサルには丘しかないけどね」

「ほかにも、あります。ダネルがいるし、あなたもいる……。あなたがここにいてくれたら、わたしはどんなことも乗り越えられる」

「エドワーズを受け入れること以外にしてくれ」

有無を言わせぬ強い口調に、身を丸めたハリスは驚いた。

「それは……」

「彼には従兄弟として忠告する。……きみに迷惑をかけないように、最大限に配慮して進言すると誓うよ。だから、いいね。……私以外には、肌を見せないでほしい」

「……妻《めと》を娶るときはどうしますか」

「それも、だめだ。……欲深いんだよ、私は。嫌なら断ってくれ。これは私の勝手な願望だ」

くちびるを引き結んだキアランは、額を手のひらで覆って天を仰ぐ。男らしく筋張った首筋に、ハリスの胸はさざ波に似た戸惑いを覚えた。生まれて初めて感じるような、淡いけれども確かな強さを持った感情に揺さぶられる。

肌がさぁっと熱くなり、片膝を立てて身を起こした。乱れた髪もそのままに、キアランへ近づく。表情が見たかった。自分には、彼の無表情の中にある本意がわかる。そう信じているのだ。

そのとき、キアランが素早く振り向いた。

手のひらがハリスのなめらかな頬に触れ、指がくちびるを押さえる。そして、当然のようにくちづけがあとを追った。

「……ハリス。私は一生、独身を通す。きみが会いに来てくれることだけを楽しみにここで暮らす。……王都にも行くよ。きみがいるなら」

くちびるを離すのも惜しいように、キアランはキスをしながら言った。眼差しはハリスの瞳をうかがい、手は何度も頬を撫でる。

「ハリス……」

ふいにキアランの息が熱くなり、くちびるが離れた。冷静を装う瞳がハリスを見つめる。

「『Ｐｒｅｓｅｎｔ《見せなさい》』」

声色に表れる感情までは隠せず、コマンドは熱く淫靡な雰囲気を帯びた。

そのコマンドは、Ｓｕｂが見せたくないものをさらすときのものだ。胸や首筋や、急所、そしてもっと性的な部分を指す。

「どこを……」

問い返すハリスの声は、消え入るように小さく、木立を吹き抜ける春風に紛れる。

動揺が頬を上気させ、望まれていることの卑猥《ひわい》さに躊躇《ちゅうちょ》した。聞くまでもなく、答えはわかっている。

キアランは、ハリスを試しているのだ。

高貴な騎士がどこまで耐えて自分に従うのかを知りたがっている。それが、ふたりを繋ぐ証しになると、やはり、そう言うのだ。

ハリスは戸惑ったままで両膝を引き寄せ、彼に向かって座り直す。木漏れ日の降りそそぐ中で、それよりももっと強いキアランの熱視線を感じる。肌が灼《や》かれ、内側から溶けていくようだ。寒さは微塵も感じない。

一糸まとわぬ姿のハリスは胸で息を繰り返した。

ゆっくりと、立てた膝を開いていく。

淫らなことだと自覚するほどに、淡い屈辱が小さな泡のように揺れた。胸が詰まり、息が乱れる。

キアランはＤｏｍだが、ハリスと同じ男だ。その同性の視線に煽《あお》られ、両胸の小さな部分がきつく痛みを感じた。気づけば、ふっくらと盛り上がっている。

奥歯を噛みしめてもこらえることのできない欲望が目覚め、ハリスはしっとりと濡らしたまつげを震わせた。

浅い息づかいを繰り返し、肌の火照りを持て余しながら手を背後へ回した。後ろ手をつき、上半身を支える。

まるで娼婦が誘惑する仕草だ。しかし、そうしてでも、目の前にいる男の興味を引きたい。

そう思うことがハリスの自尊心を揺らがせる。エドワーズに対してさえ断ったようなことを彼には許してしまう。

与えられる屈辱の中に甘い官能がひそみ、ハリスはそれを求めていた。キアランに従うことが、胸に傷を残しそうなぐらいに嬉しい。

熱っぽい視線を肌に感じ、それがゆっくりとくだっていくのを受け止める。

「もっと開いて。きみの大事なところだ。私だけは知っておくべきだろう」

口調だけは冷静だが、声は情欲に乱れていた。好奇心を隠しきれない視線も、いまさら友情などとは言い出せないほどに熱い。

ハリスは喘ぎそうになりながら、さらに足を開いた。肌は火照り、しっとりと汗をかく。すでに興奮しているものを、キアランに見られる。

こんな春の陽差しにさらしたことのない部分だ。柔らかな栗毛の下生えから、ぐんと突き出した肉塊は、恥じらいを捨てて誘惑を投げかけるほどにほの赤く、湿り気を帯びていた。

「きれいだ。すごく」

まつげを伏せながら視線を巡らせたキアランは、恥じらいに歪むハリスの顔を最後に眺める。ほんのりと薄笑みを浮かべ、生唾を飲むようにゆっくりと喉が動いた。

「『Ｇｏｏｄ，ｔｈａｎｋ ｙｏｕ』」

かすれた声でささやき、手の甲でさらりと膝の内側を撫でる。

ハリスがびくっと身をすくめると、下半身のそれは真逆に伸び上がった。びくんと跳ねて、いっそう張り詰めていく。

「……ぁ」

「恥ずかしい?」

尋ねられて素直にうなずく。その羞恥がさらなる興奮を呼ぶと、キアランも知っている。煽られたハリスはあごをそらした。

「やめたくなった? ハリス、セーフワードを言ってごらん。そうでないと、続けてしまうよ?」

「……んっ」

ハリスの足のあいだへと身を進め、キアランは指先を伸ばした。

ちょんと先端を押されただけで、ハリスの身体は痺れた。足の先から頭のてっぺんにまで、甘い快楽が広がっていく。

「ハリス、Dom/Subが、犬と飼い主の関係とは違うって話をしただろう。覚えているか。それは、……こういうことだ」

キアランの手がゆっくりと上下する。手の甲がハリスの肉と触れ合い、まるであご下を撫でるときのように優しく繊細に動く。

「犬は羞恥を知らないし、褒められて興奮することもない。その点では人間より高尚なのかもしれないな。私たちは言い訳を用意しなければ、盛ることもできない」

手の甲から指の愛撫に変わり、根元を焦らされたかと思うと、ゆっくりしなやかに握り込まれた。

「あぁ……」

ほかのだれでもなく、キアランの体温に包まれて息が漏れる。その熱を感じただけで、官能の渦に巻かれて背筋がしなった。

深い充足感に包まれた身体が、ふわふわと浮き上がっていくように感じる。引き止めてくれるのはキアランの手だ。しどけなく上下に動き、ハリスの熱を高めていく。

「ん、ん……」

「……出したくなったら言うんだよ。コマンドを出してあげる」

次第に手の握りが強くなり、激しくしごかれる。ハリスは片手を伸ばしてキアランの腕を摑んだ。

「あ、あっ……い、やっ……」

「そうじゃないだろう。きみのここは喜んでる。素直に言って」

「ん……あぁ……。……きもち、いい……っ」

声がかすれ、ハリスはぎゅっと目を閉じる。言葉にしたことで、快感がいっそう強くなったからだ。

「ん、いい子だ」

キアランの呼吸が乱れ、震えるような息づかいがくちびるからこぼれた。

快感に浸るハリスの表情で、彼もまた興奮しているのだ。

「キアラン……キアラン……もうっ」

ハリスはふるふるっと揺れて、奥歯を嚙みしめる。

「『Ｃｕｍ《イきなさい》』」

激しくこすられ、先端が手のひらに包まれる。

キアランが口にしたのは、あけすけで卑猥な発音だ。呼び寄せるときの『Ｃｏｍｅ』とは違い、射精を促すときの特別な用語だった。

「あ、あっ……くっ……」

コマンドで許された通り、ハリスは精を放った。

「……あ、あぁ……はっ……ぁ」

達したあとの疲れが押し寄せたが、身体はまだ熱の中にあった。妙にふわふわとして心地がいい。

視界はぼんやりと揺らぎ、小さな光の粒が柔らかな輪郭でまたたく。ハリスはゆったりとした息を吐いた。身体のそばにはキアランの気配がある。

それがなによりも嬉しくて、心の底から温かい。

「……ハリス？　ハリス……」

心配そうに名前を呼ばれたが、それもすぐに途絶える。キアランはかいがいしく動き、ハリスの下半身を清めた。そして、背後に回って足のあいだにハリスを引き寄せた。

「キアラン……。ふわふわする……」

「おそらく『Subspace《サブスペース》』だ。だいじょうぶ、私はここにいるから。……服を着ようか」

「ううん」

ハリスはあどけなく首を左右に振った。身体をひねり、背を丸めながらキアランの胸にもたれかかる。

サブスペースは、サブドロップと同様に、Subだけに発現する症状だ。深い酩酊に似た感覚と多幸感が特徴だが、Domがコントロールを怠ると、たちまちサブドロップに陥ってしまう。つまり、Subの感情や感覚が自己から乖離する直前の状態だ。

ハリスも知識として知っているだけで、これが初めての経験だった。

キアランの手が肩に回り、優しく抱き寄せられる。

「ハリス。手でされて、どうだった？　気持ちよかったか」

「……ん。……はい」

髪にくちづけを受け、ぼんやりしたままキアランの首筋へ腕を伸ばす。息を吹きかけると、笑い声がした。指がふたりのあいだに入ってきて、あごの下にもぐる。

「『Kiss，please』」

甘いささやきのコマンドが、酩酊状態のハリスを満たす。

うっとりとした微笑みを向けて、キアランを見つめる。くちびるを開き、そっと舌を差し出した。

「あぁ……。きみから、してくれるコマンドだろう」

たしなめるように言いながらも、キアランは嬉しげだ。息がくちびるに当たり、舌がそっと触れてくる。ハリスはびくびくっと震えながら、キアランの身体にしがみついた。

「わかった、かまわないよ」

キアランは負けを認めるように言う。

「私のすべてはきみのものだ。……きみの信頼を得られるのなら、なんだってする。できない我慢もしてみせる」

悩ましげなため息をついたキアランがくちびるを押し当ててくる。

彼の言葉の意味を理解する余裕などハリスにはなかった。

それでも、パートナーをサブスペースに導くことが、Ｄｏｍにとってどれほど誇らしいのかは想像がつく。

Ｄｏｍの喜びの真髄は、支配ではなく、Ｓｕｂの精神的な幸福そのものにあるのかもしれない。ハリスはそう思った。

かまってやるためにコマンドを出すことも、愛情深い世話のひとつに過ぎず、彼らは本来、相手を守り、褒め、喜ばせることが生きがいなのだ。

「キアラン」

彼の頬に指をすべらせ、ハリスはうっとりと目を細めた。ぼんやりとした視界の中でも、彼の顔だけははっきりとわかる。

笑顔を作るのが苦手な、皮肉屋で冷淡な男だ。

なのにときおりとろけるほどに優しく、ハリスを甘やかしてくる。

「なに、ハリス」

優しく問われ、吐息のような彼の声に聞き入る。

「……うん」

うなずくだけでなにも答えなかった。生まれたままの姿で抱き寄せられ、ハリスは安堵感を得る幸福に漂っていく。

キアランの指がハリスの手を握り、指が絡む。

ハリスは目を閉じて深く息を吸い込んだ。

小鳥のさえずり。小川のせせらぎ。そして、愛する男の鼓動。

いまだけは未来を考えず、ここにある幸福に浸りきる。

キアランに守られ、エドワーズから受けた恥辱の記憶が薄れ遠のいていく。

すべて、なにもかも、過去だと思えた。

＊＊＊

初めて体験したサブスペースの官能的な甘さが、日を追うごとにハリスの心を占めた。キアランがそこにいれば、自然と注意を引かれ、理由もなく微笑みが溢れてくる。立ち話をするときでも、食事のときでも同じだ。それなのに、彼が振り向くなり、ぱっと顔を背けてしまう。

目が合うだけでサブスペースに入るわけではないとわかっていても、彼を見つめる自分の熱っぽさを自覚すればするほど、本当にそうだろうかと不安が生まれる。

キアランの冷たい瞳は蠱惑《こわく》的だ。ハリスのすべてを包み、遠いところへと連れ去ろうとする。

それは、意に染まぬ忠誠で隷属させられることのない世界だ。

夏を感じさせる爽やかな風に吹かれ、ハリスはなびく髪を押さえながらまっすぐに前を見た。愛犬のトビィと跳ね回っていたダネルが大きく手を振る。

ハリスも手を上げて応えた。ダネルとトビィはボール遊びの真っ最中だ。

ダネルの投げるボールはたいして遠くへは行かない。だからトビィはいつも先回りして空中でキャッチした。利口な犬だ。

いつもきっちりとダネルの脇に控え、無駄に吠えることはない。けれど、ダネルと追いかけっこをするときは夢中になる。

ふたりは草原を転がるように走り回り、ダネルの明るい笑い声とトビィの鳴き声が、雲を吹き流す空にこだまして微笑ましい。いつまでも眺めていたい景色に目を細め、ハリスは髪から手を離した。

片手を腰の後ろに回して立つ。表情は凛々しく引き締まり、王都にいたころと変わりない騎士の精悍さだ。

考えなければならないことは無数にあった。とりとめなく過ごしていればよかった季節は過ぎたのだ。

キアランはここで待っていると言ってくれた。その言葉は本物だろう。

ハリスが心を奪われてしまったように、彼も心を差し出してくれている。

それは本当に嬉しいことだ。

けれど、王都に帰ればハリスのパートナーはエドワーズ王太子ということになる。キアランとの仲を隠してプレイに及ぶことはできないだろう。

妻を娶ることも恋人を作ることも、騎士団のＤｏｍ／Ｓｕｂ制度の上では相手の承認を必要とするのだ。

いっそ、打ち明けてしまおうかと考え、ハリスはあまりの浅慮にうんざりして首を振った。

離れていた数か月で、エドワーズの自省が促されたとは思えない。もしもそうであったならば、父や兄たちの手回しがうまくいくはずだ。すぐにでも手紙が届くだろう。知らせがないのは、なにも変わっていない証拠だ。

「ダネル！　そろそろ、戻っておいで！」

たっぷり遊び、そのまま草の上で眠ってしまいそうなダネルを呼び寄せる。

遊ばせすぎないように注意してほしいと、ローズからも頼まれていた。

ハリスの声を聞き、ダネルとトビィは小走りに戻ってくる。髪や服についた草を手早く払ってやったが、まるで追いつかない。

「ローズに怒られるでしょうか」

「小言ぐらいは覚悟しないとね」

ハリスの返事を聞き、首をすくめたダネルはちらりと舌を見せる。あれこれとうるさく言ってきても、それはローズの愛情だ。本心では、日を追って逞しくなるダネルを微笑ましく思っているに違いない。

ハリスも同じ気持ちだった。出会ったときよりも表情が豊かになったダネルを眺めていると、心の底から愛おしさが込み上げてくる。

トビィを従えたダネルの手が、ごく自然にハリスの指に触れた。躊躇なく握りしめてくる無邪気さに、心が凪いでいく。

屋敷へ近づくと、人影が見えた。遠目から見てもキアランだとわかる立ち姿だ。

「叔父様は素敵だと思いませんか」

子どもの屈託のない問いかけに、ハリスはできる限りの冷静さを装って微笑む。

「そうだね。背も高いし、肩幅もある」

「それに、よく笑ってくれるようになったんです」

ダネルの嬉しそうな声を聞き、肩をすくめたハリスは、耐えきれずにふふふと笑う。

「彼は、顔の筋肉が固まっていたんだろうね」

頬を引きつらせた笑顔を思い出して言うと、ダネルもまた楽しげに笑った。

近づいてくるキアランを不審がらせる。

「……ダネル。ここからは叔父様とふたりでね。わたしは先に戻らせてもらうよ」

指先をするりと離し、華奢《きゃしゃ》な肩をぽんと叩いた。

「キアラン、ごきげんよう。わたしは用事を思い出したので、彼をお願いします」

視線を向けたふりだけして、一方的に声をかける。

ハリスはまだ、キアランとまともに会話することができないでいた。視線を向けようとすると胸が高鳴り、呼吸が浅くなってしまう。だから、三人で夕食を共にすることも控えていた。

「……ハリス」

呼び止められたが、背を向けて歩き出す。そのまま屋敷へ向かって早足に歩いた。できるなら、このまま駆けだしてしまいたいほど気が急《せ》く。

キアランの声を聞いただけで胸が苦しくなり、甘さと苦さが入り混じって溢れてくるようだ。

じゅうぶんに離れてから、さりげなくふたりを振り向いた。

美しい草原の庭を、叔父と甥は寄り添って歩いている。そこには、かつてのよそよそしさがなく、キアランもダネルも穏やかに楽しげだ。

ハリスとのプレイを通し、過度な溺愛を与える心配があった彼のＤｏｍ性も収まりどころを見つけたのだろう。

ふたりだけの生活に戻っても、これからはほどよい愛情を交換していけるはずだ。

黙ってため息をつき、ハリスは屋敷へ戻った。

ひと冬を越えて、ツエサル・フィールドで見るものすべてが愛おしく胸に沁みていく。

屋敷の古い外観も、大きな玄関も、ひんやりと冷たい空気が流れ込むホールも、いつまでも胸に刻まれていてほしい。

ハリスは書斎へ向かい、室内へ足を踏み入れる。

カーテンはすべて開き、のどかな陽光が差し込んでいた。静謐《せいひつ》な空気を胸いっぱいに吸い込んで、キアランとの思い出をなぞる。

暖炉のそばで話をしたこと。まだ、探り合うばかりだったプレイ。

出会ったころの、難攻不落なキアランの冷淡さが脳裏に浮かび、ハリスのくちびるから笑みがこぼれた。奥へ進み、続き間の窓へ寄る。

花が寄せ植えされた花壇が見え、ハリスはしばらくそこで時間を過ごす。

すると、思いがけず、ダネルとキアランの声が聞こえてきた。散歩終わりのドリンクをここで飲むつもりなのだ。

出るに出られず、ハリスは続き間の隅に置かれた椅子に腰かけた。見つかったときはうたた寝していたふりでもしようと決めて、ゆったりと足を組む。

「……あのピクニックの日、ハリスさんとなにか……ケンカでもなさったんですか」

ダネルの心配そうな声がして、沈黙が続く。ハリスは驚いたが、夕食も一緒に食べないのだから、不審に思われても仕方がなかった。

「あれから、おふたりは目も合わせない……。あんなに仲良しだったのに。ぼくは悪いことをしてしまったでしょうか」

「やっぱり、仮病だったな」

キアランの鋭い声が聞こえ、すくみ上がっているダネルが脳裏に浮かぶ。ハリスは笑みをこらえて肩をすくめた。

のだ。

「ふたりで行ってほしかったんです」

ダネルは甘えるような口調で言う。そうすることでキアランの機嫌を取ろうとしている
「素直にそう言っても、気をつかっていると、そう思うでしょう？」

「実際に気をつかったじゃないか」

「……えっと、あの……」

もごもごと言葉を選ぶ気配のあとで、子どもの声が弾んだ。

「気を利かせたんです。そう……。そうなんです」

「どうして」

「叔父様は、ハリスさんともっと親しくなりたいのだと、思って……。ぼくがいると、大人の話ができないでしょう。叔父様が気にしなくても、あの方は優しいので」

「うん。そうだな」

キアランが穏やかな相づちを返す。そこへドリンクが運ばれてきて、また静かになった。

「おまえは、私とハリスがいい友人になれると思ったのか」

あきれてため息をつくような声だ。

「ぼくはいいんです……」

答えるダネルは萎縮していた。声は細く、聞き取りにくい。

「なにが……？　もっと大きな声で、はっきり言いなさい」

キアランが鋭く命じると、息を大きく吸い込んだあとで「はい」と返事が聞こえる。

「ぼくは、気にしないって、言いたかったんです。……叔父様が、ハリスさんと、その……恋人同士でも」

「どうしてそういう話になるんだ」

キアランはまたあきれたように息をつく。

「村にも、少ないけれど、同性同士で暮らしている人たちがいると聞きました」

「どうして、そんなことを聞いたんだ」

「……叔父様が、いつもハリスさんを見てるからです」

ダネルはあっさりと答えた。わかりきったことを聞かれて、どこかあ然としているようでもある。キアランはすっかり黙り込み、やがて咳払《せきばら》いが聞こえた。

「彼ではなく、私か……」

「はい」

ダネルは屈託なく答え、息を継ぐ間もなく話を続けた。

「きっと、ハリスさんも叔父様のことを好きになります。ケンカをしてしまったのなら、謝りましょう」

「ダネル」

キアランの声は震えている。笑いを必死にこらえているのだと、ハリスにはわかった。

「ケンカをしたわけじゃない」

「本当ですか？　ならば、どうして、ハリスさんは……」

「彼は、いつまでもここにいる人ではない」

凛と澄んだ声が書斎に響いた。切れ味鋭い刃のような、キアランの声だ。

「だから恋人になってはいけないんだよ、ダネル。友情で留まるべきなんだ。離れてしまっても、友人でいることはできる。……そのためには、彼の心の領域を侵さないことが肝要なんだ。信頼を失いたくない」

「……難しくて、ぼくにはよくわかりません」

「そうだろうな。でも、覚えておきなさい。彼はもうすぐ、ここを出ていく。なすべきことのために帰るんだ」

「また来てくださるでしょうか」

ダネルの声が沈んで聞こえてくる。

「……王都までは遠い。あまり期待しないことだ」

嘘をつかないキアランの冷淡さが、ハリスの胸に沁みていく。どうにもならないことがあると、彼は知っているのだ。

「ダネル。どうして泣くんだ」

ふたりの様子を耳でしか知ることのできないハリスは腰を浮かした。けれど、動けなくなる。

しくしくとすすり泣く声が聞こえる。キアランは慰めるでもなく、黙り込んだ。

「……叔父様がかわいそう」


キアランが静かに言ったからだ。

「叶わない恋でも、私にはよかったんだ。これで一生、愛する人間に困らずに生きていける。どこにいても、彼が幸せなら、それでいいだろう。……ほら、泣くのはよしなさい」

扉をノックする音が聞こえ、トビィを洗い終えたとローズの声がする。

「まぁまぁ、ダネル様。どうなさいました」

すすり泣いているダネルを見つけた驚きの声が続いた。

キアランが適当な説明をして、ふたりを書斎の外へ促す。三人が出ていく気配のあと、扉が閉まる。広い室内に静けさが戻った。

胸に手を当てたハリスは、隣の間が本当に無人になったかを確かめる。それから、目を伏せてゆっくりと息を吸い込む。

彼は身を引こうとしている。

その事実が胸に突き刺さり、立っているのもつらいほどの目眩に襲われた。それでも、椅子には戻らない。奥歯を噛みしめれば立っていられる。

脳裏にキアランのコマンドが響き、ハリスは心の平静を保った。すると、リワードを与えられる感覚が心に満ちていく。

けれど、彼と共にあることが本当に自分の望む道だろうか。ハリスは考え、思い悩む。

王太子には会わなければならない。

誉れを得たとしても、彼の乱暴なＤｏｍ性をかわして手懐けていく将来は暗澹《あんたん》としている。

本当の喜びを知ったいまでは、エドワーズのプレイの幼稚さがつらい。しかし、どの道を選ぶとしても、けじめはつけなければならなかった。

ハリスはくちびるを引き結び、ジャケットの襟を正す。

エドワーズのことを考えても、かつてのような恐慌に襲われることはなく、背中の痛みもよみがえらない。壊れていた心は、キアランが丁寧に修復してくれたのだ。

以前よりももっと強くしなやかに、ハリスは自分の足で立っている。

王都へ出向く覚悟が決まり、あごを引いて姿勢を正す。

キアランにも伝えなければならなかった。


夜の食事を済ませたハリスは、ガウンの裾をひらめかせてキアランを探した。

彼の寝室、書斎を巡り、居間で見つける。

寝酒をグラスに注いでいたキアランが、驚いたように眉を跳ね上げた。

「きみもどうだ」

かけられた声は弾んで聞こえ、頬も心なしかほころんでいるようだ。

「ええ、いただきます」

長らく避けていたことなど忘れたふりで近づき、ウイスキーのグラスを受け取った。

「あなたに話があります」

「奇遇だな、私にもある」

夜風はまだ冷たいが、暖炉を使うほどではない。アルコールの並んだワゴンの前で立ったまま向かい合う。

アラベスク模様のガウンを着たキアランが、グラスをゆらりと回す。沈黙に耐えられなくなったハリスは口を開いた。

「王都へ……」

言葉の途中でキアランの指が動いた。長い指先が宙に浮く。

「その必要はない。彼が来るそうだ……」

くちびるの端を片方だけ引き上げ、ガウンのポケットから封筒を取り出した。封蠟《ふうろう》の印はエドワーズのものだ。

「わたしには、なにも……」

「視察という名目だ。断られることなく、きみの状態を確認できる」

キアランはあきれたように乱暴な口調で言い、ハリスに背を向けて椅子へ近づく。

ゆっくりと腰を下ろし、足を組んだ。

「いまのきみなら、連れて帰ってかまわないと思うだろう。その心づもりはしておいたほうがいいな」

「……キアラン。わたしは……」

言葉がかすれたのは、彼のそばに近づきたくてたまらなくなったからだ。ふたりきりでいるのに、そばに呼んでもらえない苦痛が募る。

自分から避けたことを忘れ、ハリスはうつむいた。

「きみはもう、立ち直った」

そっけないキアランの声に、ハリスの身体はびくっと震える。

「嫌なことは、今後、はっきりと伝えるべきだ。そのことは、私からも彼に話をする」

「わたしを、手放すつもりですか」

手にしたグラスの中身をひと息に飲み干し、喉が焼けるような感覚に顔を歪めた。

キアランを見つめ直すと、彼は驚きもせず悠然と椅子の背にもたれる。

「きみは私の『もの』ではない」

表情が消え、傲慢なほどの真顔になる。

いますぐにもすがりつきたくなり、ハリスはあとずさった。

「……王都の様子を見にいこうと……その相談に来ました。連れて帰られるつもりはありません」

「ハリス」

「父には手紙を書きます。騎士の称号を手放してでも……」

「バカを言うな！　それが本心か」

跳ねるように立ち上がったキアランもウイスキーを飲み干した。グラスを手元のテーブルへ叩き置き、大股に近づいてくる。しかし、途中で足を止めた。

「そんなことを言うのは、きみらしくない。あの日のサブスペースのせいだろう。謝る気はないが、早まるな」

「わたしはあの日からずっと、考えてきました。……王太子のことではなく、あなたと、どうやって生きていくか。どうしたら、ここに残れるのか」

「……きみは騎士だ」

「だからこそ、誉れのために鞭打たれたことが許せないんです。過去の自分を罰する気はありません。でも、もう二度と、自分をあんな目には遭わせない。……あなたの、ためにも……」

ハリスはふらつくように前へ出た。一歩目は初めて歩く子どものように頼りなかったが、二歩目はしっかりと絨毯《じゅうたん》を踏みしめた。

「自分の愛した人間が孤独でいると知っていて、耐えられると思いますか。わたしも、あなたと離れて暮らすことができるのではないかと考えました。形ばかりに仕えて、ときどき、ここへ休みに来る。でも……。それは何年に一度ですか。毎年なんて無理だと知っています。王都からは遠すぎる……」

「ハリス。私を甘やかすのはよしなさい。きみのためにならない」

「では、あなたが甘やかしてください。あなただけが、わたしのＤｏｍです」

ハリスは詰め寄り、その勢いとは反対に、恐るおそる、彼のガウンの襟へ触れた。

「わたしをだれかに取られてもいいんですか。もしも、あなたより若いＤｏｍが現れて、わたしを癒やしてしまったらどうします」

「とんでもないことを思いつくんだな」

息を短く吐き出して笑ったキアランの視線が鋭くなる。言葉とは裏腹に嫉妬をたぎらせ、ハリスを見つめてくる。

「どれほど我慢していると思う」

「……たくさん。めいっぱいに」

言葉を並べ、ハリスはガウンの襟を掴んだ。

「わたしが望めば、どこまででも、こらえてくださるでしょう。だから、そんなものはいらないんです」

「愛の証しだ」

キアランははっきり言った。片手がハリスの腰に回り、足のあいだへと膝が出る。

「もっと別のものをください」

抱き寄せられながら、ハリスは探るように瞳を見つめた。

十数日ぶりに視線が合い、それだけで感情が激しく震える。涙が溢れ、なめらかなハリスの頰を転がり落ちていく。

「なにが欲しい……」

キアランのくちびるが頰をすべり、涙の粒が吸い上げられる。ハリスは身をよじらせながら腕を伸ばした。キアランの首筋に絡め、柔らかなくちづけを受け入れる。

「あなたが欲しい。……毎日、毎晩。こうしてほしい」

ハリスの言葉は激しいくちづけに途切れ、息も乱れた。夢中になっていくキアランは、低く荒々しい息をつく。

興奮は隠しようがなく、ハリスの腰に当たっている。

「煽ったのは、きみだ」

「あなたが魅力的なのがいけないんですよ」

「……王太子が来るのは明後日だ。手紙は遅れて届いた。明日は出迎えと夜会の準備で忙しくなる」

身体を離したキアランは前髪をかき上げた。じっと宙を睨み、やがて意を決したように振り向いた。冴えざえと澄んだ瞳はひんやりと冷たい。

「きみに覚悟があるのなら、策はある。エドワーズ自身に、きみの派遣を命じさせる。国境警備の視察から、そのまま指南役につくなら問題はない。……本当に、いいのか。そうしても」

「どうして、確認するんですか」

キアランの頰へ手のひらをすべらせ、ハリスは泣き笑いの表情を浮かべる。

王都に戻り、またここへ帰ってくると決めたとき、心はスッと軽くなった。重荷から解放されるのを感じたのだ。

それも、キアランがいるからこそだ。

サブドロップの恐慌状態から自尊心を取り戻したハリスは、自分が最も恐れるものに気づいた。

「かまいません。次に、同じ屈辱を受けることになれば、わたしは間違いなく反撃してしまう」

そのことが、一番の問題だ。

相手がDｏｍでも王太子でも、鞭打ちを許す道理はない。そんなことを一度でも許すべきではなかったのだ。だから、次があれば、ハリスはあの鞭を奪い、彼を罰するに違いなかった。

「……きみはやはり騎士だな。そういう表情が……魅力的だ」

ハリスの表情から本心を察し、キアランは可笑《おか》しそうに小首を傾げる。

「わかった。我々の望むように話を進めよう。そうと決まれば、向こうから足を運んでくれることもありがたいな」

「穏便にお願いします」

「相手次第だ。……ハリス」

名前を呼ばれたかと思うと、目の前のキアランがあとずさった。すっとその場に片膝をつく。片手を腰の裏に回し、もう片方の手を上げて顔を伏せる。その体勢の意味するものをハリスも知っていた。

「きみを、私のものにしたい。私のことは、きみのものにしてくれ」

キアランの声は澄み、ハリスの胸へ忍び込む。彼が取っている体勢は求婚のポーズだ。

「……愛している」

ささやかれ、ハリスは引き寄せられるように指先を返した。彼の手に乗せて、自分から握りしめる。

「さっき、本当にいいのかと聞いたでしょう。答えます。……あなたがそばにいてくれたら、わたしはどこにいても幸せになれる。近衛騎士団だけがすべてではない。ツエサルに来て、それがよくわかりました。辺境の地だと聞いていましたが、ここは美しい土地です。……わたしも、人の決めた価値観に振り回されず、自分の心に従いたい」

「ここのよさは、王都の人間に知られてほしくない。保養地にされては台無しになる」

立ち上がったキアランは、片手をハリスに握らせたまま、もう片方の手で背中を抱いてくる。

「ハリス。申し訳ないが、我慢がもう微塵もできないんだ」

「え……？」

なんのことかと顔を向けると、なまめかしく燃える瞳がそこにあった。

「きみが欲しい。今夜、これから、このまま……。私の寝室へ行こう」

「……でも、あの、心の準備が」

いまさらになってハリスは臆した。キアランの求婚めいた告白を受け入れて、すぐに寝室へ呼ばれるとは思ってもいなかったからだ。

「節操のない男だと思ってくれていい。でも、きみも男だ。わかるだろう」

「ずるい……。受け入れるのは、わたしでしょう」

「逆が希望か」

「……わたしは」

ぎりっとキアランを睨み、そのまま背を向ける。それが偶然、扉に向かって腕を引く姿勢になった。

けれど、手は離さない。

「あなたにしてもらうのが……いいんです」

「してあげるよ。今夜もたっぷり。……行こう。邪魔が入っても、今夜は蹴散らすからな」

キアランに腕を引かれ、ハリスは居間をあとにした。


領主の寝室はハリスに与えられた部屋の倍近くあり、天蓋のついた寝台が壁際に置かれていた。

「ハリス。こちらを向いて服を脱いでくれ」

入るなり言われ、肩が必要以上に跳ねてしまう。

「『Ｓｔｒｉｐ，ｐｌｅａｓｅ』」

丁寧な口調で言っても、コマンドの卑猥さが薄らぐわけではない。けれど、求められて興奮してしまうハリスは自分からガウンの紐をほどいた。その場に落とし、シャツの裾をズボンから引き出す。かかとのあるスリッパも脱ぐ。靴下は穿いていなかった。

「いい子だ。……手伝おうか」

優しさを装った下心に気づき、ハリスは首を横に振った。

自分でシャツを脱ぎ、ズボンも足元へ落とす。火の入っていない暖炉の前に立った。

「下穿きも……。私に向かったままで」

「……そんな」

「断るか」

「せめて部屋の明かりを消してください」

「カーテンはすべて閉じているし、部屋の鍵もかけた。見る者はいない」

あなたがいると言いたかったが、ハリスは口をつぐんだ。これからすべてをさらけ出して愛し合う相手だ。下穿きを脱ぐことが恥ずかしいなどと言ってはいられない。

しかも、すでにすべてを見られているのだ。

「……わかったよ、ハリス。お仕置きだ。『Ｃｏｒｎｅｒ《コーナー》』」

言葉と共に指先が部屋の角を示した。

言うことを聞けないＳｕｂに対する仕置きのひとつだ。Ｄｏｍに背を向け、許しが出るまで壁に向かって立つ。

回復のためにプレイしていたハリスは、キアランから『お仕置き』を受けたことがない。だから、指示された瞬間に不安になった。

「行きなさい」

冷たく命じられ、仕方がなく部屋の窓際へ向かう。目の前には壁の角があり、寒々しく心が冷えた。

優しい言葉を期待したが、キアランの声はいつものように冷淡に響く。

「ハリス。これから愛し合うのに、なにが恥ずかしいんだ」

「あなたはまだ、服を着ているじゃないですか」

「……じゃあ、脱ごう」

そう言うなり、ガウンを投げ捨てる音がした。

「シャツ……、ズボン……、下穿き」

キアランが言うたびに布地の落ちる音がする。スリッパも蹴飛ばしたのだろう。乾いた音がした。

「これで、私は全裸だ。……きみはまだだな。両手を壁について。私が脱がしてあげよう」

「……い、いやです……っ」

思わず声が上擦り、ハリスはブルブルと首を振った。

「じゃあ、私とベッドに上がらないつもりか？」

背後に近づいたキアランの手が、ハリスの肘を持ち上げる。壁につくように促されて従うと、甘い息づかいが耳朶《じだ》をくすぐった。

「『Ｇｏｏｄ ｂｏｙ』。いい子だ。そのまま、じっとしておいで。見ないように脱がしてあげよう」

「……んっ」

息が首の後ろに当たり、キアランがぴったりと寄り添って立つのがわかった。

手が腰をさわさわと撫で、下穿きの布地をゆっくりと下ろしていく。

「……キア、ラン……」

「なに？」

「あぁ……」

あまりのいやらしさに卒倒しそうになり、ハリスはふるふると首を左右に振った。膝が震え出したが、両手でなんとか身体を支えてこらえる。

「甘い声だな、ハリス。あの春の陽差しの中を思い出す。きみの全身に触れたいのを我慢していたんだ。……これからはその必要もない。そうだろう？」

尋ねられ、ハリスは答えに窮した。

キアランは急かすこともなくハリスの背面にくちびるをすべらせる。肩や肩甲骨、そしてうっすらと残る背中の傷痕だ。くちびるに撫でられ、やがて舌が這う。すると、ハリスはわななくように身をよじりながら喘いでしまう。

甘く卑猥な快感が、背中から前面に至り、火照りが肌を内側から燻《いぶ》していくようだ。

「あ……ぁ……」

「たまらない声だ。……きみは、もっと素直になっていい。気持ちいいときは、ちゃんと教えてくれ。きみの淫らな姿に私は興奮するんだ」

そう言いながらさらに下穿きが脱がされた。太ももを半分過ぎたあたりで、キアランに踏み下ろされる。

布地がなにもなくなった心細さに、ハリスの肌は粟立って痺れる。羞恥が走って、陶磁器のように白い肌が朱に染まる。

部屋の隅に立っていても、キアランにはすべてが見えている。見られている。

「開きなさい」

足でくるぶしをノックしながら、きつい口調で言われる。

ハリスはまた震えて恥じらった。

甘いささやきと鋭い命令で緩急をつけられ、くらくらと目眩を覚える。激しい衝動が胸の奥に生まれ、いっそ振り向いてキアランにしがみつきたいほどだ。

けれど、いまはまだ羞恥をこらえて命令に従おうとする気力があった。

両手を壁について身体を支え、足を開く。さらに開こうとした瞬間、キアランの両手が腰をほんの少し引いた。

「……い、や……」

「それはセーフワードじゃないな」

キアランの息づかいが突き出すような体勢の腰裏へ当たり、手のひらが腿《もも》に這う。ハリスは息を引きつらせてかぶりを振った。うつむけば、自分の欲望が見える。それが、下から伸びてきたキアランの手に摑まれた。

「ん……っ」

「立っていて。立っているんだよ、ハリス。これをお仕置きと思うか？」

キアランの口調が穏やかになり、指は淫らにハリスの袋部分をくすぐった。

「そうじゃないだろう」

キアランの片手が尻の片方を摑み、ぐいっと割れ目を開く。それと同時に屹立《きつりつ》の下方にある袋を揉《も》みしだかれる。

「あぁ……い、いや……こんな、こと……」

「きみの蕾が見える」

「言わない、で」

理性を保とうとしても心が揺れる。服を着ていれば凜としていることができたのに、脱がされてしまえばただの男だ。騎士の称号がどれほどのものかと、ハリスは口惜しさを覚えた。

けれど、それが恋だ。

この男に対してだけ、キアランに対してだけ、ハリスの理性はぐずぐずに溶けてしまう。

「本当に言われたくない？　きみはどこもかしこも素晴らしく美しい。この肌……、温かさ、ここの形も」

指が下半身を這い、屹立が撫でさすられる。その直接的な快感と、キアランの声で褒められる官能とが呼応した。

ハリスはうつむき、くちびるを噛んだ。肌はしっとりと汗をかき、身体中が小刻みに震える。

そのとき、キアランの指が割れ目を突いた。

「あ……っ！」

かと思うと、両手で肉を広げられる。ハリスの体勢が崩れ、上半身が壁にぶつかった。腰を突き出す格好になると、いっそう割れ目の奥が覗かれる。

「あ、あっ……」

逃げ出したいほどの羞恥に襲われたが、生ぬるいなにかが這った瞬間、これまで経験したことのない感覚に驚いた。悲鳴は喉に引っかかり、ハリスはなまめかしく腰をくねらせる。

そうするしか、刺激の逃がしようがなかった。ハリスの割れ目のあいだを舐めるキアランに躊躇はなく、淫らな水音が部屋に充満する。

「舐めない、で……あ、あっ……んっ！」

舌での責めがやんだかと思うと、息をつく間もなく指先がめり込んだ。舌とは違う熱さが内側をえぐり、ハリスは涙ぐんで壁に取りすがった。

本当に嫌がっていないことは知られている。

下半身は脈を打ち、興奮が収まらない。先端に透明の滴が浮かんでいた。キアランの手は、そこも忘れずに愛撫《あいぶ》して、さらにハリスの後ろをほぐす。

「あ、あっ、あぁっ……キアラン、キアラン……立っていられない……」

ずるずるっと沈み込むと、そのまましゃがみ込んで膝をついた。

キアランに腰を引かれ、部屋の隅でうずくまったまま尻を突き出す体勢になる。

「あ、あっ」

指はまたずっぷりと押し込まれ、中で揺らされるたびに苦しさを覚える。初めて得る快感が受け入れられず、ハリスは息を乱して喘ぐ。

「いい子だ、ハリス。上手に呼吸を合わせてる……。もう一本だ」

「ん、んっ……あ、ぅ……」

指が増えて、また苦しさが勝る。ハリスはたまらず身をよじり、キアランを見つめた。

「ここで続けないで……ください……」

「……あぁ、すまない。移動しよう」

指が抜かれ、手を引かれた。ハリスはよろよろと立ち上がる。身体にぴったりとキアランが寄り添ってきて、ハリスは見るともなく彼の分身を認識した。

すでに隆々と勃《た》ち上がり、逞しく天をついている。

「……ぁ」

指が吸い寄せられ、自分から触れてしまう。キアランがびくっと身体を揺らし、足を止めた。まだベッドまでは距離がある。

「ハリス?」

「……コマンドをください」

頬を赤くして、ほんの一瞬だけキアランを見る。すぐにうつむいた。おねだりをするのは生まれて初めてだ。しかもそれが、こんなことだとは想像もしなかった。

しかし、ハリスにはもう、そのことしか考えられない。自分が気持ちよくなったように、キアランにもしてやりたかった。

この官能を分かち合う方法があるなら、すべて試してみたい。

「『L・i・c・k《舐めて》』」

キアランは珍しく戸惑いながらコマンドを出した。そして、沈み込んでいくハリスを指先が追う。

舐める許しを得たハリスはそっと舌を伸ばした。触れると燃えるように熱く、脈を打っていっそう硬くなる。自分にもある部分だが、彼は格段に逞しい。

「あぁ……ハリス。きみは……最高だ。気持ちがいい」

ささやくようなつぶやきが降ってきて、ハリスは勢いづいた。自分が愛撫されるときの恥ずかしさを忘れ、彼を喜ばせたい一心でしゃぶりつく。

「だめだ、そんなにしたら。きみが苦しくなる。ここを舐めて。そう、ゆっくり……下から上に」

喉の奥まで迎え入れようとしていたハリスのくちびるから肉棒が引き抜かれ、浅い呼吸を繰り返すキアランに舌づかいの指示を受ける。

「うん。いいね……。すごく、いい。あぁ……」

感じ入る息づかいに促されて視線を向けると、苦しげに耐えるキアランがいた。視線が合うと、ふたりの身体が示し合わせたように跳ねる。ハリスは自分の下半身を握り、キアランの先端にチュッとキスをした。

それから口にくわえて首を前後に振る。

キアランの手が髪にもぐり、快感を伝えるように握られた。

「ん、ん……」

くちびるや口の中の粘膜でもキアランの快感を知り、ハリスは恍惚《こうこつ》の表情で目を閉じた。

「……出る……」

低く声を濁したキアランは腰を引いたが、ハリスは彼を追った。じゅっと吸いつくと、大量の温かい液体が溢れてくる。手を使い、跳ねる根元を摑んでしごく。

「ハリス……」

戸惑いながらも興奮した様子のキアランが息をついた。

「飲んでいいよ」

許しを与えてくれる声を聞き、ハリスはそのまま嚥下《えんげ》した。どろりとしたものが喉を流れて動き、初めて知る淫靡さに身体は大きく揺らいだ。

「こんなに欲しがりだとは知らなかった。きれいな顔をして、大胆だ」

「……嫌ですか?」

不安になって聞くと、キアランはぎこちなく微笑んで首を左右に振った。

「いや、とても好みだ。もっといやらしいところを探そう。恥ずかしがらずに足を開いてごらん。ベッドの上で」

腕を引かれ、残りの距離を歩く。夢中でキアランを愛撫したハリスの息は乱れ、ベッドに上がってても収まりがつかない。理由は自分でもわかっていた。

まだ達していない部分が張り詰めていて、苦しいからだ。

「きみが淫らなほど、私は喜ぶんだよ。だれにも見せない姿だ。私だけの……」

うっとりとしたようにささやくキアランは、甘い欲情に囚《とら》われ、ハリスを抱きしめた。

互いの肌は汗を帯びて燃えるように熱く、触れたところから溶けていきそうに心地がいい。

くちづけをかわしながら、もつれ合って倒れ込む。キアランの指がハリスの下半身へ伸びた。

「……あぁ」

ハリスはくちびるに拳を押し当てて声を上げた。

浮いてしまう腰を押さえつけたキアランが、ハリスの薄い皮膚へと息づかいをすべらせる。あとを追い、濡れた舌が這った。

「あ、あっ……」

ねっとりとしたキアランの口淫はハリスを快感の渦へ引き込む。声が止まらず、引き締まった腰の筋肉がうねるようによじれた。

「……くっ、ん……や……」

媚態にしかならないとわかっている声を震わせ、ハリスはあごをそらす。

キアランの響かせる水音は遠慮のない卑猥さだ。唾液が勃起したものを伝い、後ろの部分まで濡らしていく。そこもまた、キアランの舌が這った場所だ。

指が押し当てられ、すぼまりを押される。すでにほぐれているのか、苦しさはなく忍び入る熱を感じた。

ふたりが繋がる場所だ。そう認識すると、ハリスの身体は次への欲求に乱れた。抱かれるという事実に興奮して、深々と差し込まれた指を締めつけてしまう。

「う、ん……っ」

下半身が弾けそうに昂り、ハリスは小刻みに腰を揺らした。

「……だめだよ。まだ……」

手の甲で口元を拭いながらキアランが身体を起こす。彼に向かって大きく足を開いたハリスは両腕で顔を覆った。

「恥ずかしいなら、後ろからにしよう。……私のかわいいハリス。『Ｃｒａｗｌ《這って》』」

「……っ」

ハリスは両膝を引き寄せ、横向きに転がった。さらに半回転してうずくまる。

「そう……ベッドの真ん中でね」

キアランに促され、両腕をついて身体を起こした。けれど、恥ずかしくて、腰が上げられない。

「部屋の、明かりを消して……」

「消さない。なにも見えなくなる」

「……ま、前からに、してください」

「それも、聞けない。後ろの初めてはバックスタイルがいいらしい」

「……キアランッ」

ハリスは耐えかねて声を引きつらせた。振り向くこともできず、大きく肩を揺らして震える。

「きみが恥ずかしがるから、この体勢がいい。肌が真っ赤だ。汗ばんで……」

指が腰を突き、ゆっくりと手のひらで押される。やがて両手で腰を摑まれた。

「『Crawl《クロール》』だ。四つん這いの姿勢だよ。……腰を上げて。できないなら、お仕置きからもう一度しようか」

そんなことが耐えられるはずはなかった。ハリスの股間はもうびっしょりと濡れて、いまにも自分から腰を振ってしまいそうだ。出したくてたまらないのと同じぐらい、すべてをキアランに任せたい。

「私も、それはつらいな。今度はきみを床で抱いてしまうかもしれない。そんなことはさせないでくれ」

「……あなたは、ひどい……」

「本当に？」

甘いささやきが空気に溶けて、ハリスの背中にくちびるが押し当たる。

「こんなにきみを愛している。……我慢しているんだ。きみとの初めてが、忘れられない記憶になるように、ずっとこらえてる」

息づかいは熱く乱れ、ハリスの細く引き締まった肉づきをなぞっていく。

「早く、きみの中に入らせてくれ」

尻を持ち上げられ、ハリスはくちびるを嚙んだ。抵抗できずに腰を上げて、両手両足を立てて這う姿勢になる。けれど腰は屈めたままだ。

「まだ、肝心なところが見えないな……、ハリス」

キアランの手が離れていく。そしてコマンドが追加された。

「『Ｐｒｅｓｅｎｔ』」

言葉が脳を痺れさせ、ハリスの目の前が真っ白になる。本能がキアランからのリワードを欲しがり、身体がおのずと従った。

腰をそらしながら上半身を伏せ、両手で尻の肉を摑んだ。自分から左右に割り開き、彼に仕立てられた淫欲の穴を見せつける。

「真っ赤だ……色づいて……」

「あ……っ！」

指がずぶりと突き立てられ、ゆっくりと抜き差しをされる。

「うん……」

キアランはなにかを確かめて安心するようにうなずいた。そしてさらに、指先で内壁をえぐり、指を増やす。

「同性同士のＤｏｍ／Ｓｕｂの性交はここが濡れると聞いていたが、本当らしい。……よかった。きみを傷つけるなら、潤滑油を用意するまでは繋がれないと思っていたが……」

言われても、ハリスには信じられなかった。騎士団にいるときから、猥談の類いには首を突っ込まないできたからだ。

ハリスにとっては、キアランの指から分泌液が出ている感覚だ。前後に動くたびに、ぬるぬるとすべりがよくなり、快感も増していく。こすられるむずがゆさに耐えられず、腰がよじれる。

「『Ｇｏｏｄ，ｔｈａｎｋ ｙｏｕ』。よくできたね、ハリス。……そのままで待っていて……。ひとつになろう」

冷静を装っていても、キアランの声には焦りがある。ハリスの腰を掴む手も汗で濡れていた。

ふたりが息をひそめると、とたんに部屋が静かになる。夜がふたりを包んでいく。

キアランの先端がハリスの穴へあてがわれ、こじ開けるように動きながら進んだ。どちらも息を荒く弾ませ、待ち続けた瞬間を味わう。

初めて会ったときには考えもしなかった。

初めてプレイしたときにも、考えなかった。

ひっそりと流れていく景色の中で、触れて離れて触れて、互いを知るたびに深く求めていくようになったのだ。

ハリスはキアランの表情がわずかに変化するのも見逃さず、キアランはハリスの心が回復していくさまから目を離さなかった。そして近づく心と心を待ち続けていたのだ。

その先にある道のりが、きっと同じであるようにと、それぞれに深く願い合う。

ぐじゅりと濡れた音が立ち、キアランの切っ先が道を作る。ハリスはゆるやかに息を吐き出し、自分を裂いて進む圧倒的な熱の塊を受け入れた。

快感はじわりと淡く、それに勝る官能が湿り気を帯びてふたりを包む。

「あ、ぁ……」

「苦しいか？　……きみの中は、狭いな」

感じ入ったキアランの声に、ハリスは深い感動を覚える。そして、彼が問いかけた通りに苦しさを感じた。あらぬ大きさに内側から広げられているのだ。ほんの少し、こすられただけで、えぐられたような衝撃がある。

息は詰まり、涙が滲む。しかし、キアランを心から感じさせていることには幸福を覚えた。彼の興奮は下半身に伝わり、こらえた浅い動きの中にも伝わってくる。

「声を出してごらん、ハリス。コマンドを出そうか……？　きみの声を聞かせて。もっと」

ゆるやかに腰が動き、柔らかな肉がぐじゅぐじゅと突き回される。ハリスは肩をすくめて息を吐いた。

「あぁ……」

喉が震えて、甘い声が出る。そして止まらなくなった。

「あ、あ……っ、あ、あんっ……んっ」

キアランの動きに翻弄されて声が弾む。初めて知る快感だと思えないほど、声はとろけて聞こえた。

ハリスは恥じらいを覚え、身をよじる。それが誘う仕草になり、キアランを根元から絞り上げる。

「……あぁ」

くっ、とこらえたキアランの手が、ハリスの脇腹を撫でた。

「すごいな……。持っていかれそうだ。動くよ」

「う……っ、ん、んっ！」

キアランが腰を前後に振ると、ハリスを限界まで開かせた肉棒も動く。それに合わせてぬめった液体を混ぜるような音がする。

「あ……いや……」

ハリスは耐えられずに前へ逃げた。腰が強く摑まれて引き戻される。

「なにが、嫌なんだ……。言ってごらんよ。きみのいいようにするから。『Say』」

ピリッと緊張感のある声でコマンドを出され、ハリスはベッドカバーを握りしめた。

「声が……、出る……」

「出してほしいと言ってるだろう」

「は、恥ずかしいんです……っ」

身を揉んで逃れようとすると、後ろからすくい上げるように引き起こされた。腕がベッドから離れ、背中にキアランの胸の厚みを感じた。

「そうだろうね。ここをこんなに濡らして、私に抱かれているんだから」

手が腰の前に回り、たらりと滴を垂らした昂りが摑まれる。

「触らな……ぃで……」

「出てしまいそう?」

からかうような声が耳へと流し込まれる。ハリスはこくこくと何度も首を縦に振り、喉を震わせながら訴えた。

「ベッドが、汚れてしまう、から……離して……」

自分で先端を握ろうとすると、キアランの手が制した。

「あとで洗えば済むことだ。私の部屋なのだから、私の粗相だと思うだろう。ハリス、このままイくんだよ」

「あ、あっ……」

繋がったままで腰が揺らされ、大きな手のひらが性器に絡む。同時に乳首を弾かれた。

「んっ！」

髪が肌の上で躍り、キアランのくちびるが首筋に吸いつく。いっそう乳首をいじられ、感極まったところで促される。

「『Ｃｕｍ』」

キアランのコマンドは甘く、ハリスは身をすくませた。もう我慢しきれない欲望がせり上がり、激しくのたうちながら出口を求める。

「あ、あっ、あー……っ」

キアランの手筒に絞り出され、白濁した体液が飛び散った。解放感はすさまじかったが、それにもまして、後ろで得ている快感の強さに引き込まれる。

射精欲求とは異なる衝動がハリスを打ち震わせた。

キアランに抱かれ、濡れていない場所を探して転がされる。それから繋がったままで身体を反転させられた。

向かい合った体勢で大きく足を開かされたが、すでに羞恥は手離していた。

「あ、あぁ……」

それよりも、激しく押し寄せてくる官能の渦が恐ろしい。ハリスの手が腕へすがると、キアランは丁寧に握りしめてキスをした。

それから、自分の首へといざなう。

「すごい快感だ。きみが感じるたびに、内側が絡みついて、手でしごかれる快感より、何倍もすごい……。きみも、感じているね」

顔を覗き込まれ、淡い微笑みを向けられる。ハリスは長いまつげを震わせてうなずいた。くちびるが近づき、触れて、重なっていく。

「ん……」

ぞくっと痺れが走り、ハリスは身体を開いてのけぞった。

キアランを求めた肉壺がすぼまり、そのままきゅうきゅうと彼を欲しがる。

「あ、あ……」

「待って」

いますぐにも動いてほしくて腰を揺らしたが、キアランは冷静に首を振った。ハリスの身体の下敷きになっている金色の髪を丁寧に救い出し、どこも引きつったところがないのを確かめてから腰を動かす。

「んっ……！　あ、ぁ……っ」

一撃目から強く突き上げられ、ハリスは喉を鳴らして背をよじらせた。そこへキアランの腕が差し込まれ、肩がしっかりと抱かれる。

「ハリス……、きみは最高だ。声も髪も身体も、私への愛情も……。きみに勝る人はいない」

腰を振り立てながら、キアランは饒舌《じょうぜつ》に愛の言葉をこぼし続ける。そのリワードが、ハリスをさらなる官能へ押し上げると知っているからだ。

「……あ、あっ……キア、ラン……キアラン……くっ、んぁ……っ」

ハリスは夢中になって目の前の逞しい肩にすがりつく。想像以上に鍛えられた肉体だ。ハリスの身体を包み込み、押しつぶし、すべてを支配していく。

そして、ハリスはキアランの官能を支配し返した。

欲望をたぎらせた肉棒はひたすらにハリスを求め、濡れた肉の壺を掻き回す。激しく淫らにふたりは絡み合い、互いのくちびるを吸い、肌を押しつけ合う。

尖《とが》った乳首が彼の肌でこりこりとこすれて、卑猥な愛撫に変わっていく。

「……あぁっ、キアラン……」

ひときわ大きな声を上げたハリスの身体が波を打った。開いた膝がぎゅっとキアランの腰を挟んで緊張する。

「おいで、ハリス」

激しく息を乱した男の声がハリスを誘う。深い快楽が泡のように溢れて、ハリスの心の器からこぼれ落ちていく。

それが絶頂の瞬間だった。

ハリスは悲鳴のような声を上げ、キアランの背中に爪を立てる。

「あぁッ！」

びくっと身体が跳ねて、汗がほとばしった。キアランは奥歯を噛みしめ、いっそうの快感を追って腰を振り立てる。

「だめ……いや……」

これ以上は無理だとハリスは彼の胸を叩いた。けれど、快感はひっきりなしだ。わななわなと震えるくちびるをふさがれて、ほぼ強制的に悦を感じさせられる。

「愛しているよ」

指と指が絡み、キアランの声を聞いたハリスはまた大きくのけぞった。

「あぁ……っ、いい……いいっ」

強く逞しいキアランに泣かされながら、ハリスはもうなにも考えられなくなっていく。

世界はただ真っ白に美しく、自分を繋ぎ止めているのはキアランの愛情だ。

くちづけを求めて瞳を閉じると、こぼれた涙が舌先にすくい取られる。

ハリスはまた声を上げた。甘くねだり、キアランを得ていく。

彼は何度もハリスの中で達して、そしてよみがえり、ゆっくりと欲を満たしていった。

【4】


ハリスが階段の踊り場に立ったとき、ホールはしんと静まり返った。

ツエサルの冬に降り積もる雪が、すべての音を吸収していくように、楽団の奏でる音もひとつふたつと途切れる。

王太子の来訪に沸き立つ夜会の真っ最中だ。楽団はすぐに演奏を再開し、ひとびとのざわめきも戻る。その輪の中央には、懐かしい姿があった。

咲き誇る大輪の花のように華やかなエドワーズ・オブライエンの姿だ。モールのついた立ち襟の礼服を着こなし、ほかの者とは比べものにならないほど立派に見える。

参加者たちの視線をひとりじめにした人物がハリスだと知ると、乱暴な本性など微塵も感じさせない誠実そのものの笑みを浮かべた。

ハリスはもの怖じすることなく会釈を返し、ホールへ降りた。黒い燕尾服でベストは赤、ズボンについた側章も赤だ。メイドのハーパーが腕によりをかけて編み下ろした金髪は美しく輝き、血色のいい頬を縁取る後れ毛も柔らかい。

エドワーズは引き寄せられるように近づいてきた。途中で従僕のシルバートレイからシャンパンのグラスを二脚取る。

「すっかり元気じゃないか。私には内緒にして、さては驚かせようとしていたんだろう。……驚いたよ、ハリス。なによりもきみが元気で嬉しい」

シャンパンのグラスをハリスに受け取らせ、ホールの端へと促す。ハリスはあたりに視線を巡らせ、キアランの姿を探した。

エドワーズがツエサル・フィールドへ到着したのは昨日のことだ。主な使用人と共にハリスも彼を出迎えた。挨拶も交わしたが、特別な話はしなかった。

エドワーズはよほど疲れていたのだろう。部屋に入るとそれきりになったが、キアランは警戒を解かずにいた。

夜はハリスを自分の寝室に隠し、メイドのハーパーだけに居場所を知らせた。

身支度を整えながらハーパーが聞かせてくれた話によると、エドワーズは夜遅くにハリスを探していたらしい。目的ははっきりしている。

ハリスはおぞけを感じ、エドワーズから距離を取った。シャンパンを渡されたときから、すでにグレアの圧を感じていて、ひどく居心地が悪い。

「だれを探しているんだ。キアランか？」

佇まいは爽やかだが、エドワーズの声はどこかねっとりとしている。ハリスに対してだけだろう。それがいまはよくわかった。

「彼が戻る前に抜け出そう。私の部屋においで」

「……いえ、それは」

顔を出したばかりだと言いたかったが、挨拶をしなければならない知り合いなどひとりもいなかった。

しかし、ここから動かなければ、問題はない。キアランが必ず助けに現れるからだ。

ハリスはいつ強まるとも知れないエドワーズのグレアを警戒しながら、そつなく相手を務めようと試みる。顔を向けた瞬間、エドワーズが小さく叫んだ。

彼の持っていたシャンパングラスが傾き、ハリスの燕尾服の胸から腰あたりが濡れる。

「申し訳ない。うっかりしてしまった」

わざと濡らしたことを周囲に悟らせず、エドワーズは感じのいい笑顔を振りまき、ハリスを階段へと促す。

「ひとりで行きます。……あなたはどうぞ、このまま」

周囲の注目を集めないようにしながら、ハリスはつき添いを固辞する。

エドワーズと再会した瞬間から、彼とのパートナーシップはうまくいかないと予感した。

視線を合わせて会話をすることはできる。配下としてつき従うことも可能だ。

しかし、Ｄｏｍ／Ｓｕｂパートナーとなると難しい。すでにハリスの中で、彼のＤｏｍ性は忌避するべきものになっている。

「言うことを聞きなさい」

人の多さに油断したのがいけなかった。

叱るような声にハッとして、条件反射で視線を向けてしまう。目が合った瞬間、身がすくむほどのグレアをぶつけられた。

ハリスはたちまち萎縮して動けなくなる。

「『Go』」

命じられ、身をよじった。しかし、拒むことはできない。

階段を上り、廊下を進む。

「いい子だ、ハリス。中へ入れ」

背中を押され、部屋に放り込まれる。続いたエドワーズは後ろ手に鍵をかけ、振り向きざまにハリスの頬をぶった。

「……っ」

骨が痺れるほどの衝撃に、よろめきながらも持ちこたえる。驚きはなかったが、無性に悲しく、胸が痛んだ。

「昨日の夜はどこにいた。私が迎えにきたというのに」

「……殿下。そのことについての説明を、ハーティン卿からお聞きになったはずです」

「あの間男の説明か。もっともらしく、おまえを国境警備隊の指南役として残してほしいと言ったが……。そんなことが聞けるか。あまりにしつこいので承諾したが、そんなものは反故《ほご》にするまでだ。それよりもハリス。あの男と寝たのか」

整った顔立ちをいまいましげに歪めながら問われ、ハリスは呆然と立ち尽くした。ホールで見せていた誠実な男とは別人のようだ。

エドワーズと向かい合い、ハリスは考えを巡らせた。彼の行動のなにに驚き、なにを悲しむのか。自分でもよくわからなくなってくる。

王太子だから、騎士団のパートナーだから、無条件に彼をよい人間として認めるべきと心がけてきた。すべての忠誠を捧げたつもりだ。それなのに、彼は自分をただの妾《めかけ》同然に扱っている。

事実に直面して初めて、自分が彼を受け入れなかった理由に行き当たった。

「あなたに話す必要はありません」

「なんだと？」

エドワーズは気色ばみ、床をどんっと踏み鳴らした。左手が上がり、もう一度、ハリスを平手打ちにする。

「おまえを騎士団から追い出すこともせず、休暇を与えてやったというのに……」

「ご寛恕《かんじょ》をいただきましたことには、心から感謝します。しかしながら、わたしがあれほどまでに追い詰められた理由を……、お考えになったことがありますか」

「……おまえを鞭打ったことか」

ことなげに言い、エドワーズは上着のボタンをはずした。豪奢な飾りのついたジャケットを脱ぎ、椅子に投げやる。

「今度は馬用の鞭程度にしてやろう。さぁ、ハリス。ほかの男をくわえこんだおまえが、これまでのように扱われると思うな。その美しい顔が羞恥に歪むところを見るのは、今夜から私ひとりだけだ」

エドワーズの両目が嫉妬で淀み、昏《くら》く翳りを帯びて光る。

「『Ｋｎｅｅｌ』」

コマンドが発せられ、ハリスはびくっと肩を揺らした。従うまいと奥歯を噛みしめ、拳を握りしめる。エドワーズから二度もぶたれた頰は赤く染まり、くちびるはわなわなと震えた。

エドワーズは容赦のないグレアを発し、もう一度口にした。

「『Ｋｎｅｅｌ』」

苛立ちを含んだ声がハリスを威圧する。キアランを思い出し、リワードの温かさをよみがえらせようとしたが、感情が追いつかない。それどころか、力に引きずり回され、屈服させられた過去が苦くよみがえってくる。

傷の癒えた背中がぴりっと痛み、サブドロップの恐怖が押し寄せた。

「言うことを聞け！」

エドワーズの声が部屋中に響いて、壁を震わせる。

「今度はおまえを逃がさないぞ。その服を切り裂いて、組み敷いてやる。初物だと思えばこそ、戻ってくるのを待ってやったものを。……ハリス、跪け。頬を床にこすりつけて、俺のところまで這ってこい」

強烈なグレアに精神を揺さぶられながら、ハリスは浅く息を吸い込んだ。目眩がして、心はどんどん萎縮していく。

それでも立っていられるのは、心の中にキアランがいるからだ。

彼に与えられたリワードと、それとは別の甘い睦言を必死に思い浮かべる。

そのほかのものには、なにの価値もないと、自分に言い聞かせた。

だからサブドロップすることなく、エドワーズへ向き直ることができた。

「嫌です。そんなことはしません」

「……ハリスッ！」

こめかみを引きつらせたエドワーズが飛びついてきた。編み下ろした髪を乱暴に摑まれ、あごが上がる。

ぎりぎりと歯を剝く男には、ホールで見たときのような華やかさは感じられない。誠実を装う仮面も剝がれ落ち、剝き出しの欲望が在るだけだ。

「離してください。あなたとプレイをするつもりはありません」

ハリスは毅然として拒絶する。身体は震えず、怯えを感じることもない。いまは、言うべきことを言うだけだ。

「それならば、凌辱してやる」

ありとあらゆる卑猥な妄想が浮かんでいるのだろう。エドワーズの整った顔立ちは、見るも無惨に歪み、情けないほどにただの男へと落ちぶれる。

「殺されたいんですか」

「……キアランにか」

即座に切り返され、ハリスはふっと息を吐き出した。あごをそらしたまま、髪を引っ張られる痛みに耐える。

「わたしにです」

まっすぐ見つめて、できる限り冷淡に告げた。

「髪を放してください。あの日、あなたの好きにさせたことは間違いでした」

自分でも驚くほどに、言葉がすらすらと口をついて出る。しかも、なにひとつ、卑屈な負け惜しみにはならなかった。

ハリスは自分の意志を思いのままに告げる。

「……あの日まで、あなたはわたしのＤｏｍだった。だから、従ったんです。でも、いまは違う」

「……なにが言いたい」

エドワーズの勢いが削がれ、髪を握りしめた手の力がゆるんだ。

「よく考えてください。Dom／Subパートナーのわたしをここまで罵る権利が、あなたにありますか」

「なんだと。私をだれだと……」

「王太子。いいですか、あなたは王太子なんです。わたしが持っている『百合の騎士』の称号は、王から賜ったものです。それを力尽くで汚すと、あなたは言っているんですよ」

最後は諭す口調になり、ハリスは身を翻した。

部屋の扉を激しく叩く音が聞こえ、解錠の音が響く。飛び込んできたのはキアランだ。黒い髪が絹糸のように宙を舞い、ハリスの腕を摑んだかと思うと引き寄せて胸に抱き込んだ。

「なにをした」

まっすぐに投げられる言葉は、エドワーズに対するものだ。

「おまえは、私の話を聞いていたのか？」

怒りをこらえた声は冷酷さを帯び、地の底から響くように聞こえる。

キアランのグレアが激しく発散され、ハリスはたまらずに胸へすがりついた。攻撃性はすべてエドワーズへ向かっている。

だからこそ、しがみつくようにしてキアランを押さえた。

ことを円満に収めようと努力した結果、ハリスを寝室へ連れ込まれたのだ。侮辱があったものと思い、Ｄｏｍ特有の『Ｄｅｆｅｎｓｅ《ディフェンス》』に陥りかけている。Ｄｏｍの本能がＳｕｂを守ろうとするのだ。

「キアラン、落ち着いてください」

「落ち着いている」

即座に返される声には感情がない。だからこそ、彼の怒りの深さがわかる。

ハリスはとっさにエドワーズを見た。キアランに負けじとグレアを出していたが、その威力の差は歴然としている。

圧倒的に、キアランが勝っているのだ。

王太子の遊び相手だったキアランは、王家の親族であるフィッツノーマン家の次男だ。本来ならそのまま近侍として迎えられてもおかしくはない。しかし、任を解かれ、実家へ戻された。

つまり、エドワーズにとって、キアランは邪魔な存在だったのだ。

「『おまえ』と言うな。私は王太子だぞ」

一触即発の状態で、エドワーズが尊大に胸をそらした。

彼もハリスを自分のＳｕｂだと思っている。ならば、同時にディフェンス状態に陥る可能性もありえることだ。

ハリスは状況を見定め、最悪の事態を回避しようと考えを巡らせる。

ここでふたりが私的決闘でも始めようものなら、大変なことになってしまう。相手は王太子だ。キアランは処分され、ハリスは元の立場に戻らなければならない。今度は拒むことも許されず、エドワーズの思いのままに蹂躙《じゅうりん》されることになるだろう。

どちらにしても、ハリスはキアランを失うことになるのだ。

もっとも想像したくない事態が脳裏に浮かび、身体がぶるっと震えた。肩に回ったキアランの手が、冷静さを取り戻したようにハリスの肩を撫でる。愛情ゆえの条件反射だ。

グレアは少しもゆるめないまま、キアランはエドワーズに向かって冷笑を浮かべた。

「私が王都を去るときから最低のＤｏｍだったが、男としても最低に成長するとは……。お父上も頭を抱えていらっしゃるだろう」

「黙れ！」

「申し訳ないが、それはできない」

エドワーズに対して言い放ち、ハリスを抱き寄せる腕から力を抜く。頬に触れながら顔を覗き込まれる。

「頬が赤い」

「気のせいですよ」

ハリスは即答して、キアランの胸を押し戻した。エドワーズが平手打ちしたと知れば、火に油を注ぐようなものだ。考えるだけでも震えがくる。

「私を愚弄して、ただで済むと思うな……。キアラン・フィッツノーマン」

エドワーズが床を踏みつける。キアランは冷笑を浮かべて対峙した。

「王都で私の悪評を流したのはだれです。あなたが恐ろしくて黙っていたとでも？ まさか」

ふっと笑い、声をひそめる。

「王太子であればこそ、従兄弟のよしみで見逃しただけだ」

「黙れ、黙れ、黙れ！」

金切り声を上げたかと思うと、エドワーズはベルトに下げた短剣を引き抜いた。

「ハリスから手を離せ！　それは私のものだ！」

短い刃は鋭利に尖り、部屋の明かりを反射させる。エドワーズはキアランへ向かって跳ねた。ふたりのグレアが激しくぶつかり合い、ハリスの身体は、とっさに動いたキアランによって突き飛ばされる。

しかし、機敏性においては、この部屋のだれよりもハリスが勝っていた。

絨毯を蹴り、反動をつける。キアランに突き飛ばされたことで、ふたりのグレアの影響下から立ち直ることができたハリスは、エドワーズの手首に腕を当て、間髪を容れずにひねり上げる。それから、足を払って跪かせた。

「ふたりとも、グレアを収めてください！」

「痛い、痛いっ！」

あらぬ方向へ腕を曲げられ、エドワーズはみっともなく床を叩いて喚《わめ》く。短剣は絨毯の上をすべり、キアランの足元へ届いた。

「……鞭でも持ってくるか。私が振るってみよう」

キアランがたいして面白そうでもない様子で冗談を言い、足元の短剣を拾い上げた。そばにあったテーブルへ置く。その動きを注意深く眺めたハリスは、ようやく収まったふたりに安堵の息をつく。

鞭で打たれると察して、エドワーズは痛みにもがきながらうずくまった。

「や、やめてくれ……。頼む。頼むから……」

「ならば、これを機にハリスから手を引け。彼は私の恋人だ」

キアランが言うと、床に頬を押し当てたエドワーズはせせら笑いを浮かべた。なにか下卑たことを口にしようとした鼻先に、キアランの足が踏み下ろされる。

「口を閉じておけ、従兄弟殿。あなたには近々、婚礼の話が持ち込まれる。破談になれば、お父上の怒りを買うぞ」

「……くっ」

口惜しげに歯ぎしりをしたエドワードは二の句が継げなくなる。ハリスの戒めから逃れ、肩を押さえてさらにうずくまった。

グレアでも口ゲンカでも、キアランはエドワーズに負けることがない。相変わらずの辛辣さだ。王都にいても、遊び相手としてうまくいくはずがなかった。

ふたりを交互に見たハリスは、まるで子どものケンカだとため息をつきながらエドワーズを立たせた。

キアランは不満げに顔を背けたが、王太子のエドワーズをこれ以上ないがしろにすることはできない。服の埃《ほこり》を払い、乱れた服装を直す。

黙って立っていれば、エドワーズはやはり麗しい王太子だ。そこにだけ、ハリスが忠誠を捧げた証しが残っている。

「エドワーズ王太子。あなたにされたことを許す気はありません。魂を引き裂かれた者の苦悩を、どうか、忘れないでください」

言いながら姿勢を正し、胸に手を当てて敬礼する。

ハリスはふと頬をゆるめた。

「でも、あなたとの日々を、私は忘れてしまうでしょうね。……幸せすぎて」

顔を上げて、花が咲きこぼれるように微笑む。キアランの躾と褒美で満たされた心は強く鍛え直され、もう過去に苦しむこともない。

キアランに視線を向けると、素早く腕が差し伸ばされる。ハリスは指先を返した。甘いくちづけを肌に受け、なおも恥じらって彼を眺める。

ふたりの仲睦《むつ》まじい様子を見せつけられたエドワーズは、悔しげにくちびるを尖らせ、ドスンと椅子に座った。かと思うと、勢いよく飛び上がる。投げ置いていた自分のジャケットの細工が突き刺さったのだ。

「きみは強いな」

エドワーズを横目で見て、キアランがつぶやく。瞬発力で飛びかかったことを言っているのだ。ハリスは悠然と笑って返した。

「私をなにとお思いです。ザフオール国の『百合の騎士』ですよ」

「なるほど、よく覚えておこう。きみには決して逆らうまい」

キアランがわざとらしく腰を折り、ハリスは満足げに小首を傾げる。

そんなふたりのそばで、尻に傷を負ったエドワーズが「痛い、痛い」と騒がしく吠えていた。

その翌日、エドワーズは逃げるようにしてツエサル・フィールドをあとにした。

視察もそこそこに隣の領地にある貴族の館へ移っていったのだ。

ハリスとキアランは屋敷のエントランスに並んで立ち、使用人たちと一緒になって彼を送り出した。

不機嫌な顔をしたエドワーズは、それでも名残惜《なごりお》しげにハリスを見る。眉目秀麗なSubを失った現実が、ようやく彼の心に影を落とし始めていた。

「少しはこたえてくれるといいが……」

片手を腰の裏に回し、形ばかりに手を振るキアランが言う。

冷淡に聞こえる声音には、従兄弟に対する憐憫《れんびん》が見え隠れしていた。どうしようもない男だが、未来の王である。少しはまともに成長してほしいと願わずにいられない。その気持ちはもちろん、ハリスにもある。

やがて馬車は丘を越え、見えなくなった。

使用人たちが持ち場へと戻っていき、一緒に見送りに立っていたダネルがローズに促されて屋敷の中へ入る。キアランは執事を下がらせ、半歩、ハリスに近づいた。

「私はあのままディフェンス状態で決闘をしたってよかったんだ」

耳打ちするようにささやかれ、ハリスはまっすぐ前を向く。

「困ります。これ以上、あなたの愛を知ったら……」

「知ったら？」

聞き返されて振り向き、半歩、あとずさった。肩をすくめ、身を翻した。

＊＊＊

初夏の風が吹くころ、ハリスは正式に『国境警備隊の指南役』となった。

王都からは王太子婚約の報が届き、当事者であるエドワーズからも代筆ではない自筆の手紙が届いた。書き連ねられていたのは、後悔と恋慕の言葉だ。ハリスは返事を書くつもりでいたが、キアランに見つかり、その場であっけなく燃やされた。

あ然としたハリスに対し、鼻眼鏡をかけたキアランはしかつめらしい表情を見せ、自分が返事を出すと言う。冷淡な表情の恋人だが、思っていることは手に取るようにわかった。

甘い嫉妬に痺れたことを思い出し、ハリスは目を細めた。

丘の上に立つ大きな木の陰から、風の流れていく草原のさまを眺めているところだ。腰の下には敷布が広がり、角はバスケットや石で押さえてある。

あまりにも天気がいいからとピクニックを提案したのは、キアランだった。喜んで跳び回ったダネルは、愛犬のトビィを連れて、なだらかな丘の下方で花を摘んでいた。そばにはローズがつき添う。

「きれいな景色ですね」

ハリスは心から感嘆して目を細めた。

風がそよぐたびに草の波が立ち、その向こうにはきらめく湖を越えて山がそびえている。岩肌もあらわにそそり立つ、国境の山だ。

麓には国境警備隊が配置され、数日前までハリスはそこにいた。

最初の数日は、キアランも一緒だったが、残りの一週間は警備隊本部の男たちと共にハリスだけが残った。

彼らを含め、荒くれ者の隊員たちは、騎士団の配下にいる兵士よりも扱いやすい。ハリスを見てぽかんと口を開き、あとはもう目を合わせることもできないほどに純朴だ。

しかし、腕っぷしは強かった。キアランの目が行き届いているので、生活にも不足なく交代制で警備に当たっている。

隣国との関係はいいが、ときどき山賊の類いが現れるのだ。つまり、国境警備隊が守っているものは、ツエサルの領土でたいせつに育てられている家畜たちだった。

「……そうだな。美しいよ」

キアランの声が風に乗り、ハリスは笑いながら目を伏せた。彼の視線はずっとこちらを向いたままだ。ハリスの横顔を見つめ、広がる景色にはまるで関心を向けていない。

「そんなに見ないでください。穴が開きます」

警備隊の指南から戻るなりキアランの寝室へ連れ込まれたことも記憶に新しく、思い起こすまでもなく身体の芯が疼いてくる。

「きみの評判はすこぶるいい。近々、夜会を開いてほしいと、地主たちの突き上げが厳しいが……私は興味がない」

「そんなことを言わず、開きましょう」

「きみは真面目だな」

面白くなさそうにため息をついたが、見せかけばかりだ。領民に対して気配りを忘れないキアランは、定期的に夜会を開き、村の祭りにも金を出している。もちろん、顔を出すのも忘れない。

「あなたを支えるのも仕事のひとつと心得ています。……今度の夜会では、一緒に踊りましょう」

「ん？」

興味を引かれたキアランが片頬を引き上げる。

「じゃあ、新しい夜会服を贈らせてくれ。きみが着てくれるのなら、毎月、毎晩、夜会を開いてもいい」

「それでは破産しますよ。……服は喜んでいただきます」

「そうか」

満足そうにうなずくキアランの視線が、するっとはずれて丘の下へ向く。トビィの鼻先に押されて登ってくるのはダネルだ。

子守のローズはまだ白く揺れる花畑の中にいる。

「ハリスさん。国境警備隊の指南役を受けてくださってありがとうございます」

両手を腰の後ろへ回したダネルは跳ねるように頭を下げた。

「これは、お礼とお祝いに」

差し出されたのは、腰の後ろに隠していた花冠だ。白い小さな花がぎゅうぎゅうに編み込んである。

「どうぞ」

子どもらしい甘い声で言ったかと思うと、ハリスの頭に冠を載せた。それから、草の上に片膝をつき、胸に手を当ててお辞儀をする。

「ありがとう」

ハリスは微笑み、ダネルの肩をそっと撫でた。少年は恥ずかしそうにくちびるを噛み、叔父に視線を送って満面の笑みを浮かべる。

彼がハリスに対して本当に感謝しているのは、敬愛する叔父をひとりにしなかったことだろう。

「ハリスさん、ぼくはあなたに負けない男になります」

「えぇ、がんばってください。未来のハーティン卿」

肩から頬へ手を動かし、なめらかな子どもの肌を手の甲で撫でる。心が柔らかく凪いで、ハリスは幸福に満たされた。ダネルはもう家族だ。大事な子どものように思えてくる。

「次は、ローズの冠を作ります。それから、トビィにもっ！」

ダネルはぴょんと立ち上がり、丘を転げるように駆けていく。その隣に従うトビィも白い尻尾《しっぽ》を盛んに振って楽しげだ。

「まだまだ子どもですね」

危なっかしい後ろ姿を見守り、ハリスは肩で息をつく。

「彼はＤｏｍでしょうか」

「Ｎｅｕｔｒａｌの可能性もある」

キアランの声は穏やかだ。白い花冠を載せたハリスを眺め、片手でそっと金色の長い髪に触れてくる。昨日も彼の指に絡まり、汗で濡れていた髪だ。

ハリスは遠く流されるような気分で、キアランの瞳を覗く。

もう何度も身体を重ね、快感を知った。繰り返すたびに甘く淫らになっていく関係は、ひとつの誇りでもある。キアランに愛され、キアランを愛して満たすのは自分だけだと知っているからだ。

「キアラン。改めて言わせてください」

自分の頭から花冠を取り、目の前のキアランへと差し出す。美しい絹糸のような髪の上

に載せた。

キアランにも冠はよく似合う。まるで王冠のようだ。

「これからも一緒にいてくださいね。あなたの心に寄り添い続けます」

指にそっと触れ、包み込むように握りしめる。

「一生、たいせつにすると誓う」

キアランの声に隠された感情が溢れ出す。風に揺れた木が葉音のさざめきを振りまき、ふたりは一心に見つめ合う。そして、相手の中にある愛情を確かめた。

口に出しても出さなくても、そばにいればわかる安心感だ。

「『Ｋｉｓｓ，ｐｌｅａｓｅ』」

ハリスにだけ特別に甘い声が、いつものコマンドをささやく。

すると、ハリスの身体の奥がじんと痺れた。誘惑に身を委ねて目を閉じる。

やがてくちびるが触れ合い、両頬がキアランの手のひらに包まれる。舌が忍び、濡れた水音が、ハリスとキアランの乱れた息づかいに混じっていく。

「いけない子だな。きみからしてくれるコマンドなのに」

身を寄せたままでキアランが言う。淡い微笑みが浮かび、出会ったころとは比べものにならないほど彼は満たされている。

「あなたのほうが、したそうだったから」

ハリスはうっとりと首を傾け、キアランの手のひらに頬をすり寄せた。

身も心もすべて投げ出して愛情を捧げる唯一の男だ。素直に抱き寄せられ、足のあいだに囚われる。

「その通りだ」

頬にキスが触れて、くちびるまで肌をたどる。

「あの子に背中を向けたら、きみに触れてもかまわないだろう？」

「……いけません、絶対に」

とんでもないことを言われ、ハリスは慌ててまなじりをきつくする。

「夜まで我慢してください。我慢できたら……」

「できたら？」

「……これじゃあ、あなたのほうがＳｕｂみたいだ」

「そんなことはどっちだっていいんだ。きみに褒められるなら、なんだってする」

「では、夜まで待って。……それから、たっぷり、夜の愛し方を」

「うん。そうしよう。きみはやっぱり素晴らしい。美しくて官能的で、いい子だ。いい子だよ、ハリス」

リワードが甘く溶けて、ハリスを夢見心地にさせる。じんわりと訪れるサブスペースの心地よさに浸り、逞しい胸に身を預ける。

すべてをさらけ出せば、すべてをかばい守ってくれる男が頼もしい。騎士として地位も実力も兼ね備えるからこそ、ハリスにはそんな相手が必要なのだ。ひとときの休息で癒してくれる優しいＤｏｍが。

「『Ｇｏｏｄ，ｔｈａｎｋ ｙｏｕ』」

「あなたのその声、好きです」

ふわふわとした幸福感に漂いながら言うと、頬に指が這い、覆いかぶさるようにキスが始まる。

「私は、きみのとろけた瞳がいい……」

褒める言葉は幾重にも重なり、まるで終わりが見えない。

キアランのくちびるには微笑みが浮かび、ハリスを愛する喜びが全身を包む。

「キアラン……」

ハリスは背をそらし、ぎゅっと彼にしがみつく。キスだけで全身に官能が沁みて快楽を味わう。足先が震え、全身が波立った。

「あぁ……っ」

身体を繋ぐまでもなく感じ取る絶頂の甘い声もまたキアランだけが聞くものだ。ふたりのあいだの欲情はそっと胸に落ち、夜を待つ。

夏雲がちぎれて風に吹かれ、草原の上を影が流れていく。鳥のさえずりが聞こえ、夏草の香りがあたりに溢れる。

やがて、季節が過ぎ、草は金色に輝き、木の葉が色づく。

雪が降り、すべてが白銀に静まり返って、そしてまた、雪解けの春が来る。

代わり映えしないように見えて、なにひとつ同じではない月日を、ふたりはこれから重ねていく。約束をしてもしなくても離れることなどできない。

一緒にいることだけに幸福のすべてがあると、触れるたびに感じ合って、またくちづけをかわすだろう。

どちらのくちびるにも微笑みが浮かび、幸福はいっそう約束されているに違いなかった。

あとがき

こんにちは。高月紅葉です。

シャレード文庫2冊目となります本作を手に取っていただき、ありがとうございます。

今回、Ｄｏｍ／Ｓｕｂを書きませんかとご依頼いただき、初めて挑戦しました。

甘く、優しく、そしてえっちな調教。いかがでしたでしょうか。

プロット段階から、ＳＭ関係とは違うアプローチがあるのではないかと悩み、私なりの答えを出して作品を仕上げました。

エンドマークを付けたとき、「このふたりのエッチは、ここから濃厚になっていくだろうな」と、そう思え、ちょっとだけ残念です。

本作の出版に関わった方々と、出会ってくださったあなたへ、心からのお礼を申し上げます。また次回も、お目にかかれますように。

高月紅葉

高月紅葉先生、藤浪まり先生へのお便り、
本作品に関するご意見、ご感想などは
〒101-8405
東京都千代田区神田三崎町2-18-11
二見書房　シャレード文庫
「辺境伯は美しき騎士を甘く調教する　～Dom/Subユニバース～」係まで。

本作品は書き下ろしです

CHARADE BUNKO
辺境伯《へんきょうはく》は美《うつく》しき騎士《きし》を甘《あま》く調教《ちょうきょう》する～Dom/Subユニバース～
2022年11月20日　初版発行

【著者】高月紅葉《こうづきもみじ》

【発行所】株式会社二見書房
東京都千代田区神田三崎町2-18-11
電話　03(3515)2311［営業］
　　　03(3515)2314［編集］
振替　00170-4-2639
【印刷】株式会社 堀内印刷所
【製本】株式会社 村上製本所

ISBN978-4-576-22160-1

https://charade.futami.co.jp/

CHARADE BUNKO

今すぐ読みたいラブがある!

高岡ミズミの本

気持ちをふたりで分けよう

異界のSubはぼっちで甘えた

イラスト＝篁 ふみ

大学生の悠生は失踪した兄の足跡を追って訪れた廃村から異界へと足を踏み入れてしまう。襲いかかってくる獣人を一蹴してくれたのは、獣人の血を引くらしいゼンだった。無事再会を果たした兄に、悠生はゼンのDomだと言われてしまい、腑に落ちないながらも、傍にいるとゼンからなぜか目が離せなくて——?